利用されるだけの人生にさよならを

～浮気された不遇令嬢ですが溺愛されて幸せになります～

Characters
テレンス・ラクール
ウェバー公爵家の従者で、元貴族の令息。アラーナに忠誠を誓っているが、実は――？
アラーナ・ウェバー
ウェバー公爵家の長女。王太子の婚約者として厳しい王妃教育を受けている。学園では生徒会役員を務め、空き時間には読書を好む控えめな令嬢。

トマス・ラランド
エイベルの護衛で、
アラーナと同じ生徒会役員。
主人であるエイベルに
思うところがあるようで――？
エイベル・レヴ・ミラルバ
ミラルバ王国の王太子で、
アラーナの婚約者。
次期国王として多忙な日々を
送っているが……？
アヴリル・ウェバー
ウェバー公爵家の次女。
両親に甘やかされており、
アラーナを見下している。

プロローグ

四季の美しい国、ミラルバ王国。小国でありながら、貿易を盛んに行っている国である。

国土の中心に位置する王都には、国で唯一の王立学園があり、そこは王族、貴族にとって学力を上げるためだけでなく、人脈を広げるための場ともなっている。

王都には、王族の血が流れるウェバー公爵家の屋敷がある。国でも一、二を争うほどの権力者で、多大なる影響力を持っているとされるウェバー公爵家の長女の名は、アラーナ。

王立学園に入学して、一年と数か月。学園生活にも慣れてきた、三月下旬。

生徒会役員である公爵令嬢のアラーナは一人、校舎内の廊下を歩いていた。向かう先は、生徒会室。窓から漏れる夕暮れの光はもう、暗くなりつつある。

今日の仕事は終えたものの、学園の外に出てから忘れ物をしたことに気付いてしまった。明日でもいいかとも思ったが、あいにく明日は休日。忘れ物は図書室で借りたずっと楽しみにしていた本だったので、アラーナは疲れた身体を動かし、元来た道を戻っていた。

生徒会室の前に、一人の見知った男子生徒が立っていた。

それは、この国の第一王子の側近《そっきん》でありアラーナと同じく生徒会役員を務める、トマス・ラランドだった。赤い髪の彼は、遠くからでも見まごうはずもなく。

アラーナは小首を傾げた。

「トマス？　どうしてここに……何をしているのですか？」

声をかけられたトマスは、あからさまに動揺し、挙動不審になっていた。

「アラーナ様……お、お帰りになられたのでは」

「生徒会室に忘れ物をしてしまって……」

「そ、そうですか。私が取ってきましょうか？」

「いえ……もう、生徒会室は目の前なので」

ミラルバ王国の第一王子の名は、エイベル。エイベル・レヴ・ミラルバ。アラーナの婚約者だ。

当然のように、愛し合って結ばれたものではなく、第一王子であるエイベルに相応《ふさわ》しい身分だから選ばれた、政略的なもの。

世の貴族令嬢の中には、小説のような恋愛を夢見る者も多いが、アラーナは、そんな間もなく小さなころにエイベルの婚約者となったため、完全にそれは夢物語に終わってしまった。

貴族の令嬢として生まれた以上、仕方のないこと。そう思い込み、せめて物語の中ではと、今日も作り物の小説に思いをはせる。

アラーナにとっては、唯一といっていいほどの大切な心の拠《よ》り所《どころ》、趣味だった。

少しでいい。自由な時間が欲しい。願うが、それは贅沢なこと。

婚約者のエイベルは学園の生徒会長を務め、そのうえ次期国王として、父親である国王の執務の手伝いもしている。アラーナよりよほど多忙なのだ。

ゆえに、エイベルの婚約者であるアラーナは少しでも彼の助けになろうと、幼いころから継続している王妃教育も日々こなしつつ、本来はエイベルの仕事である生徒会長の仕事のほとんどを請け負っていた。

今日も、エイベルは国王に任された急ぎの用があるからと、生徒会長の仕事をアラーナに任せ早々に学園を後にした——はずだったのだが。

ならばどうして、エイベルの側近《そっきん》のトマスが、しかも見張りのように生徒会室の扉の前に立っているのか。

「……あっ」

扉越し。生徒会室の中から、微かに女性の艶《つや》っぽい声がもれ聞こえてきた。トマスがぎくりとしながら、青い顔でこれ以上の声をアラーナに聞かせまいとするかのように、無理に咳払いをする。

「あの、ですね。エイベル殿下から、仕事に集中したいから、誰も通すなと命令されていまして……」

苦しい言い訳なのは、重々承知しているのだろう。そもそも、先に王宮に帰ったはずのエイベルがここにいることじたい、おかしいのだから。

「そう、ですか……」

アラーナは静かに目を伏せる。エイベルが自分を愛していないことは知っていた。

けれど、頼りにはされていると思っていたから頑張ってこられた。

ただ、それだけを支えに。

仕事を任せてくれるのは信頼の証。愛がなくとも、必要とされている。

最近はお礼を言われることすらなくなっていたけれど、責められることもなかったから。途切れることなく何かを任せてもらえるのは、頼られているからだと自身を納得させていた。

「………」

頭で否定していても、もれ聞こえたその声色に嫌な可能性が脳裏を駆け巡る。今、生徒会室で何が行われているのか。トマスがここにいる以上、エイベルがいるのは確実。

では、聞こえた女の声は誰のものだろう。

そして二人は、何をしているのか。

いっそ、まったく想像がつかなければよかった。どこまでも鈍感で、愚《おろ》かでいたい。

だってずっと、そうしてきた。このまま何もせず帰るのが正解なのだろう。

わかっている。そうすれば、心を保てる。


——でも。


ふと、ある考えが過ってしまった。生徒会室内で予想通りのことが行われているとして。その現場を目撃した婚約者である自分に、エイベルは何か、言い訳をしてくれるだろうか。

いまの国王に、側妃はいない。歴代の国王に側妃がいたことはあるが、基本的に正妃に子が望めない場合に限っている。

つまりこの国では、国王ですら不貞《ふてい》は道徳に外れるとされ、犯罪ではないものの、責められる行為とされている。第一王子のエイベルも、例外ではない。

『――悪かった。すまない。ぼくにはお前が必要だ』

そう言ってくれるだろうか。そんな期待を、アラーナは抱いてしまった。

ごくり。

アラーナは緊張から生唾を呑み、生徒会室の扉の取っ手に手をかけた。

「アラーナ様!?」

トマスが虚《きょ》をつかれたように、アラーナを止めようとする。けれど、アラーナの真剣な眼差しに、トマスが怯んだ。アラーナは、ごめんなさいと謝罪しながら、いつもより重く感じる扉を開けた。

真っ先に感じた、つんと鼻につく、独特の臭い。

よほどその行為に熱中していたのだろう。扉のすぐ傍で、トマスがアラーナの名を叫んだときには気付かなかったのか、ソファーで絡み合う男女は扉が開いてはじめて動きを止めた。

生徒会室には、三人はゆうに並んで座れそうなほど大きなソファーが、机を挟んで、向かい合わせに二つ置いてある。そのうちの一つのソファーに寝転ぶ女性に、覆い被さるようにしていたエイベルが荒い息のまま眉間に皺を寄せ振り返った。

ちっ。

アラーナの顔を認識するなり、エイベルは不快そうに舌打ちし、ソファーからおりた。

「………っ」

申し訳なさそうにするわけでも、気まずそうにするわけでもなく、エイベルはまず、苛立ちを向けてきた。それも、むろんショックだった。


——けれど。


「あ……なんだ、お姉様でしたの」

アラーナに背を向け、苛々しながらズボンを上げるエイベル。その隣で、乱れた衣服はそのままに、ウェーブがかった金の髪をかき上げ、ソファーから上半身を起こしたのは。

確かに、アラーナの実妹の、アヴリルだった。

「アヴリル……」

驚愕に、めまいを覚えるアラーナ。アヴリルはぷっと吹き出した。

「え、その顔はなんですか？　まさか、あたしたちの関係、本当に気付いていなかったのですか？」

「そういうな、アヴリル。これでも一応、隠していたのだからな。まあ、逆にこれでスッキリしたとも言えるがな」

服を整えたエイベルがアラーナを振り返った。その表情は、言葉通り、どこかスッキリとしていて。とてもじゃないが、不貞行為《ふていこうい》を婚約者に目撃された男のするものではなかった。

（……わたしがおかしいの……？）

震えをこらえ、縋《すが》るように後ろにいるトマスを見た。一瞬視線は交差したものの、すぐに目を逸らされてしまった。

（……あ、馬鹿だわたし。トマスが二人の関係を知らないはずないのに）

ずきりと胸は痛んだが、違う、そうじゃない。アラーナは口を開きそうになった。問いたかったのは、トマスに確認したかったのは、誰が間違っていて、おかしいのかということ。

「さて、アラーナ。良い機会だ。本音で話し合うとしよう」

「ええ～？」

不満の声を上げたのは、アヴリルだった。

「エイベル様ぁ。まだ途中だったじゃないですか」

エイベルは「むろんだ。すぐに終わらせる」とアヴリルの頭を優しく撫でてから、アラーナに向き直った。

「見ての通り、ぼくが愛しているのはアヴリルだ。けれどお前も、薄々は感じていたのだろう？二人で出かけたことは数えるほどだったし、これまでぼくは、公の場以外でお前に指一本触れたことがなかったからな」

エイベルの指摘は的外れどころか、すべて図星で。けれどはっきり、妹を愛していると告げられたアラーナの心は、確かに深く傷付いていた。

（……謝罪すら、ないなんて）

わたしはこの人にとって、なんなのだろう。

アラーナは俯き、制服のスカートを強く握った。

「……ならばどうして、わたしと婚約なさったのですか。妹を選べば良かったではないですか」

アラーナがエイベルと婚約したのは、互いが七歳のとき。第一王子の婚約者候補の中には、ウェバー家の次女、当時六歳のアヴリルもいた。ウェバー家の令嬢なら、どちらでもよかったはず。

なのにエイベルが選んだのはアラーナだった。それがどれほど嬉しかったか。

それだけが、アラーナの矜持《きょうじ》だったといってもいい。

「ぼくとアヴリルが惹《ひ》かれ合ったのは、お前と婚約したあとだ。まあ。思い返してみれば、一目惚れに近かったのかもしれないが」

「エイベル様、それは本当ですか？」

アヴリルの期待の眼差しに、エイベルは「ああ。アラーナのおかげで気付くことができたよ。アヴリルに出会ったときの感情は、アラーナのときと全く違ったから」と、白い歯をこぼした。

「それに、どちらにせよ、ぼくに選択権はなかった」

「どういう……」

戸惑うアラーナに、エイベルは馬鹿にするように、ふっと口角を歪めた。

「ウェバー公爵に優秀なのは姉の方だと聞いていた父上から、お前を勧められていた。絶対ではなかったが、命じられていたも等しい。だから別に、ぼくがお前を選んだわけではないということだ」

目を見開くアラーナを、アヴリルが嘲笑《あざわら》う。

「やだ。今の今まで、知らなかったんですか？　エイベル様に選ばれたのは自分だと、ずっと勘違いしていたってことですか？　かわいそう、お姉様。すっごく憐れ」

「そのへんで止めてやれ。結果的には、アラーナを選んで正解だったのだからな」

え。

面を上げたアラーナに、エイベルは「聞きたいか」と鼻で笑い、語りはじめた。

「そう考えたのには二つ理由がある。まず一つ。王妃の仕事は、みなが想像するよりもよほど大変なんだ。子どものころから母上を見ていたぼくは、それを痛いほど理解していた。そんな役目を愛しい人にさせたいと思う男がいるか？　その点、お前の趣味は勉学だけだからな」

確かに。そうアヴリルが同意し、何度も頷く。

「二つ目はな。子どもだ」

アラーナは「子ども……？」と、意味がわからないまま繰り返す。エイベルは、そうだと腰に手を当てた。

「ぼくはお前と子作りするつもりはない。ぼくが欲しいのは、アヴリルとの子だ。お前とアヴリルは姉妹だから、きっと見た目でばれることはないだろう？」

エイベルが言わんとすることに、アラーナだけでなく、青い顔で俯いていたトマスでさえ、声をなくしていた。

「……エイベル様とアヴリルの子を、エイベル様とわたしの子とするということですか」

アラーナの声が震える。

それに気づいているのか、どうでもいいのか。

「そうだ。我ながら、良い案だろう？　アヴリルが王妃教育など受けていたら、こうして毎日会うことは叶わなかったかもしれないし、お前がぼくの仕事をせっせと手伝ってくれているからこそ、こうして時間がとれる。お前には、感謝しているぞ」

少しも悪びれる様子もなく、エイベルは、アラーナの肩をぽんぽんと叩いた。

「お前の鈍いところは気に入っている。実はな。王宮に帰るふりをして、学園に残っていたことは多々ある。学園には、アヴリルと密会するいい場所があるんだ。しかし、生徒会室のソファーの肌ざわりをアヴリルが気に入っていてな。たまにこうして、お前たちが帰ったあとに使用させてもらっていた。この際だから言うが、もう少し早く仕事を終わらせてくれるとありがたい」

ぴしっ。

かろうじて保っていた何かに、亀裂が入る。

選んで正解だった。その言葉を聞いて馬鹿みたいに、この期《ご》に及んで期待した。

その答えは、想像すらしなかった、アラーナにとってはあまりに残酷なもの。

選ばれてすらいなかった。頼られていたわけではなく、ただ、いいように利用されていただけ。

今まで、その可能性を考えなかったわけではない。

ただ、考えない方が、心が楽だっただけで。

けれどここまで、どうでもいい存在だと。

ともすれば、都合のいい道具としてしか見られていないとは流石に思っていなかった。

（……誰のために、今まで）

　零れそうになる涙を呑みこみ、俯きながら唇を噛み締める。もう一秒だってここにいたくなくて、踵《きびす》を返そうとしたアラーナを、アヴリルが後ろから愉快そうに呼び止めてきた。

「そうだ、お姉様。一応言っておくけど、エイベル様とあたしが想い合っていること、お父様たちは知っているから。告げ口しても無駄ですよ？」

　ゆらりと振り向いたアラーナの絶望の表情に、アヴリルが満足そうに頬を緩める。

「うふふ。知らぬはお姉様ばかりってね。過酷な王妃教育は、あたしには耐えられないから仕方ないなって。お姉様は王妃になれて世間体もいいし、あたしは幸せになれるし、いいことだねって、笑って許してくれたのですよ」

　一瞬。凍り付いたようにアラーナの身体と思考が停止した。両親がアヴリルを溺愛しているのは知っていたが、まさかこんなことを容認するとは思わなかったから。

「…………嘘」

　絞り出したような掠れた声に、アヴリルは「嘘だと思うなら、直接聞いてみたらいかが？」と言ってから、エイベルの腰に背後から抱きついた。

「エイベル様。早く続きをしましょう？」

　そうだな。微笑んでから、エイベルはアラーナに鋭い視線を向けた。

「アラーナ。父上たちは、ぼくたちのことは知らない。だが、告げ口しようとは思うなよ。ぼくは国王になるまでアヴリルのことは黙っているつもりだ。たとえお前がなんと言おうと、ぼくはそれを否定する。ウェバー公爵もウェバー公爵夫人も、お前ではなく、ぼくたちの味方だ。王族であるぼくを侮辱《ぶじょく》した罪に問われたくなければ、口をつぐみ続けることだ」

愛されていない、どころではなかった。

婚約者と妹は、アラーナを人間扱いすらしていなかった。

目の前の相手が心を持ち傷付く人間だと、同じなのだと、思ってはいないのだろう。

それが、泣きたいほど、痛感できてしまった。

「……アラーナ様」

気の毒そうに、トマスが名を呼ぶ。

アラーナは、情けなくて悔しくて、顔をあげることが出来なかった。

「……帰ります」

一言、呆然と呟き、アラーナはその場を後にした。

◇

ふわふわとした感覚のままアラーナは校舎の外に出た。

待機している馬車の前に立っていた男が、アラーナの姿に気付き馬車の扉を開ける。

「お帰りなさいませ、アラーナお嬢様」

いつもと変わらない、優しい笑み。つい先ほどまでの出来事が、少しだけ、悪夢のように思えた。

でも、それがただの現実逃避だということは、アラーナが一番理解していた。

「……ええ、ただいま。待たせてしまって、ごめんなさい」

心ここにあらずといった感じで、ふらふらと馬車に入っていくアラーナ。

お目付役兼護衛役の男――テレンス・ラクールは小首を傾げながら、アラーナの後に続いた。

アラーナの正面に腰を下ろし、御者《ぎょしゃ》に「出してください」と命じたテレンスは、アラーナの様子を改めてじっくり観察した。

ぼんやりと馬車の窓から外を眺めるアラーナは、生気がまるで感じられなかった。

いや、普段からにこにこと明るいのかと問われれば、違うのだが――それにしても。

「アラーナお嬢様。何かあったのですか?」

戸惑いながら、思い切って訊ねてみた。アラーナは一瞬、何か言おうと口を開きかけたものの、呑み込むように、口を閉じてしまった。

「……いいえ。大丈夫よ、ありがとう」

ふたたび開いたかと思えば、これで。

明らかに大丈夫ではない、無理やり浮かべた笑顔。

でも、そう言われてしまえば、使用人の自分には、もう、どうしようもなくて。

「そうですか」

歯がゆくも、そう答えるしかなかった。

◆

「ただいま戻りました」

ウェバー公爵家の屋敷に着いたアラーナは、居間でお茶をしている両親に挨拶をした。両親はお帰りとも言わず、まず、アヴリルがまだ帰っていないのだがと口火を切った。

「まだ学園にいたか？　それとも、また買い物に夢中になっているのかな」

「心配ですわ。あの子はアラーナと違って、か弱いですからね」

両親の会話にアラーナの指がぴくりと動いた。

過保護なのは、いつものこと。今日が特別というわけではない。これまで流せていたはずの扱いの差に、アラーナの顔が僅かに歪む。

(お父様とお母様は、アヴリルが頼りないから心配しているだけよ。わたしはしっかりしているから、期待されているからこそ、何も……っ)

いつもの言い聞かせが、アラーナの中を駆け巡る。これまでならそれで収まっていた気持ちが、今日だけは消化出来ずにいた。

(……あんなおかしなこと、お父様とお母様がお許しになるはずないわ)

そう思うのに、自信が持てない。どう考えてもおかしいのは、間違っているのはエイベルとアヴリルなのに。両親の、アヴリルに対する溺愛ぶりを、何年も間近で見てきたせいだろうか。

アヴリルが言っていたことが真実かどうか、確かめたい。

そして、否定してほしい。そんな道徳に反する真似はさせないとはっきり告げてほしい。

ならば、まだ救われるから。

居間にいるのは、両親と、アラーナ。そして、テレンスと控える二人のメイドだけ。

アヴリルがいるところでは、聞けない。

なら、チャンスは今しかないのではないか。

アラーナは逸る気持ちを抑え、思い切るように口を開いた。

「お、お父様。お母様。あの、お聞きしたいことが……」

父親が「なんだね」と言い、母親もアラーナに顔を向けてきた。

アラーナは唾を呑み込み、意を決した。

「つい、先ほど。生徒会室で、エイベル様とアヴリルが、不貞行為《ふていこうい》をしているところを目撃しました」

驚愕したのは、テレンスと使用人だけで。

父親と母親は、僅かに動きを止めただけでひどく冷静だった。それだけでも、アヴリルの言っていたことは真実だったのだと察することができたが、それでもアラーナは信じたくなかった。

「……アヴリルが、このことは、お父様たちもご存じだと、言っていたのですが」

もう、嘘でもいい。

知らなかった。ひどい裏切り行為だと、怒ってほしかった。

でも、それは叶わなかった。

「――ああ、なんだ。お前、まだ知らなかったのか。エイベル殿下とアヴリルは、かなり前から相思相愛だったぞ？」

父親は、なんでもないことのように言った。

母親は、一つ、ため息をこぼした。

「あなた。あの二人は、アラーナを想って、そのことは隠すと言っていたではありませんか。だからこそ、今日までこの子は知らずにすんだのですよ」

「そうだったかな。それにしても、アラーナはずいぶんと鈍いなあ。そんなことで、王妃の役目が果たせるのか？」


――はっはっはっ。


ウェバー公爵の馬鹿にしたような高笑いが室内に響きわたる。

テレンスは愕然《がくぜん》としながら、前にいるアラーナの横顔をそっとうかがった。

アラーナは、目を見開いたまま呆然としていた。

「…………っ」

アラーナの絶望を思い、胸が痛んだ。アラーナのショックはきっと、計り知れないだろう。

テレンスは、これまでアラーナがどれほど努力してきたか。

王妃教育のために、エイベル殿下のために、どれほど時間を費やしてきたか。

全部ではなくとも、知っていたから。

(……なんと、むごい仕打ちだろうか……)

ウェバー公爵たちがアヴリルを溺愛しているのは、誰の目から見ても明らかだった。でもそれは、アラーナに期待しているから。長女だから。厳しくしているのだと思っていた。

きっと、アラーナもそう理解していて、だからこそ泣き言一つ言わず努力をしていたはずなのだ。

けれど、その考えが間違っていたことが、今、いやおうなしに思い知らされてしまった。

いや。期待はあったのかもしれない。

でも、愛情の差があるのはあきらか。

そもそも、愛情があったのかさえ、もはや疑わしい。

血の気の引いた顔で立ち尽くす娘を、どうして笑えるのか。わからない。

等しく愛があるのなら、こんな――

テレンスの拳が、怒りで震える。

なんと声をかけていいかわからない。かける言葉が見つからない。

様子がおかしかったのは、婚約者と実妹の不貞行為《ふていこうい》を目撃したから。それだけでも相当な衝撃だったろうに、よりによってそれを両親が肯定した。

鈍いと嘲笑《あざわら》いながら。

おかしいのはウェバー公爵夫妻だ。けれどこの場に、ウェバー公爵夫妻に意見できる立場の人間は、いなかった。

――ガラガラ。ガラガラ。


アラーナの中にある形のない何かが、音を立てて崩れていく。

必死に誤魔化して、ようやっと維持していたもの。ろくな休日もなく、朝から晩まで勉強、仕事の手伝い。好きな読書の時間は、睡眠を削ってやっと確保していた。

誰もがそれは当然だと。決して褒めてはくれなかったけど。それでも頑張ってこられたのは、認めてもらいたかったから。いや。認められていると思っていたから。

でも、違った。

全ては、妹の――アヴリルの幸せのために、利用されているだけだったのだ。

本当は、深く考えればわかっていたこと。

でも、もう。

気付かないふりは、これ以上出来なかった。

「そうですか。それは、知らなかったです」

アラーナは、ふっと口角をあげた。それは何かを悟ったような、それでいて全てを諦めたような乾いた笑みだった。

少なくとも、テレンスの目にはそう見えた。

しかし、両親は違ったのだろう。アラーナを傷付けている自覚がまるでないかのように、母親は「あなたは幸せな子ね」と微笑んだ。

「アヴリルが提案したのですよ。お姉様を悲しませたくないからと。あの子はあたくしに似て、可愛くて、とても優しい子ですから」

「そうですね」

「アラーナ。あの子のためにも、変わらず努力を惜しまないようになさいね。アヴリルがどんなにエイベル殿下を愛していても、あの子は正妃にはなれない。表向きには、エイベル殿下の婚約者はあなたなのだから。ああ、アヴリル。なんて可哀想な子なのかしら」

母親が嘆く。父親もそうだなと同意する。

テレンスも二人のメイドも、思わず自分たちの耳を疑いたくなった。

それほどまでに、目の前で繰り広げられていた会話はおかしかった。

「わたしの役目、承知いたしました。では、下がらせてもらいます」

感情を押し殺したアラーナが、ゆるりと頭を下げる。

父親が「しっかり励め」との言葉をかけたが、そんなものはもう、心に響くわけもなく。冷えた双眸《そうぼう》でアラーナは、はいと告げ、居間を後にした。

静かに閉められた扉のすぐ傍に、十歳年下の弟――ロブがいて、アラーナはぎくりとした。きっと盗み聞きしていたのだろう。愉快そうにニヤニヤとしながら、二階の自室へと駆けていった。

あの子は聡い。両親とアヴリルの前では良い子を装っているが、アラーナだけには、いわゆる裏の顔を見せていた。

アラーナがアヴリルと比較され両親から蔑《さげす》まれていると、よくあの顔で笑うのだ。愉快だと言わんばかりに。

このままいけば、将来、あの子が爵位《しゃくい》を継ぐことになる。少しだけウェバー公爵家の行く先が心配になったが、その思いはすぐに消えた。

顔を伏せ、ゆっくり足を動かす。テレンスが気遣わしげに後をついてくるのがわかり、アラーナは二階にのぼる階段の途中で、たまらず足を止めた。

「……馬鹿みたいね、わたし」

テレンスは、悔しそうな様子でぐっと唇を噛み締めた。

「……そんなことはありません」

「あるわ。だってわたし、アヴリルを幸せにするためだけの道具なのに、必死に努力して、両親に、エイベル様に愛されようとしていたのよ。笑っちゃうわね」

「……本当の愚《おろ》か者は誰か。良識《りょうしき》ある人間なら、誰でもわかることです」

アラーナは一瞬目を見張ったあと、小さく笑った。

「アヴリル、可愛いものね。きっと、人に愛される天性の素質を持っていると思うの――ね、テレンス」

「はい」

「今まで黙っていてごめんなさい。本当は何度か、アヴリルに頼まれていたことがあって」

「……なんでしょう」

「護衛を、交換してくれないかって。あなたは見目もいいし、頼りになるから。アヴリルに気に入られているのね。でもわたし、あなたの意見も聞かず断ってしまって……」

申し訳ない気持ちで告げるアラーナに、ああとテレンスが事も無げに答える。

「それなら、アヴリルお嬢様に直接頼まれたことがあります。さらに言えば、旦那様にも、奥様にもどうかとたずねられました」

アラーナは目を丸くしたが、納得したように、そうだったのと呟いた。

「どうせわたしが断っても、お父様たちがアヴリルの願いを聞きいれないわけがないからと不思議に思っていたのだけれど……でも、よくアヴリルが納得してくれたわね」

「いや、結構必死に説得しましたよ。私がこのお屋敷に居られるのは、アラーナお嬢様のお口添えのおかげですから。そのご恩に報《むく》いるため、どうかアラーナお嬢様の傍にいさせてください、と。それからまもなくアヴリルお嬢様のお眼鏡にかなう護衛が見つかったので、事無きを得ただけです」

そうだったの。アラーナは目を細めた。

「ありがとう。あなたには、何度も心を救われたわ」

「……いえ。私は結局、なんのお役にも」

「そんなことないわ——こんな言い方、よくないかもしれないけど……アヴリルより、わたしを選んでくれた。それだけで、わたしは充分なの。ありがとう、テレンス」

「……アラーナお嬢様」

「わたしは大丈夫だから、あなたも部屋に戻って休んで。明日は王宮に行くから、またお願いね」

小さく微笑むアラーナに、テレンスはもう何も言えなかった。

（……使用人の私では、何も、できない）

主に意見を言うことも、逆らうことも。何もできないのだ。

目の前にいる大切な人が、こんなにも傷付いているのに。

傷付けられているのに。

「……はい。では、また明日」

頭を下げるテレンスに、ええ、とアラーナは返し、自室へと向かった。

◇

その日の夜。

アラーナは一人、蝋燭《ろうそく》の灯りに照らされた宝石を見つめていた。

アヴリルに盗られないように、タンスの奥に隠しておいたもの。

机の上には、楽しみにしていたはずの本が置かれていた。まだ一ページもめくられてはいない。

アラーナはもう、何をする気力も失せていた。

それは、自分でも驚くほどだった。

明日、明後日は、王宮で王妃教育を受ける。

それが終われば、また学園がはじまる。

成績は上位のままでいないと、ひどく叱られる。

だから学園の勉強も手が抜けない。

その上、生徒会の仕事もある。

自分の分だけでなく、エイベルの分までしなければならない。


——全ては、アヴリルのために。


ずっと。これから先も、ずっと。ずっと。

頑張って。頑張って。

それが、貴族の役目。

違う。妹のため。

(アヴリルの、ため……)

夕食のとき。アヴリルが、明日はエイベル様とお忍びでデートだと、嬉しそうにしていた姿が脳裏を過った。

アラーナは宝石を両手で持ち、ぎゅっと抱き締めた。

「……どうしましょう、おじいさま。わたし、もう、頑張れないみたい」

掠れた声で一人、呟いた。
頬に、一筋の涙が零れた。

第一章

翌朝。

その日の空は雲一つなく晴れ渡り、とても綺麗だった。

「行ってまいります」

アラーナが両親に挨拶をする。しっかり役目を果たしてきなさい。

そういつものように声をかけられるが、もう、その意味を知ってしまったアラーナは、ガラス玉のような双眸《そうぼう》で小さく頷くだけだった。

「あら、お姉様。もう出かけるのですか？」

寝ぼけまなこで階段をおりてきたアヴリルが、まるで煽《あお》るようにニヤリと口角を上げた。

「王妃教育って、とっても大変そうね。あたし、本当に感謝しているのですよ？」

近づいてきたアヴリルが、こてんと首を可愛らしく傾げる――少なくとも両親にとっては、だが。

それは、ロブと似た笑い方だった。アラーナが怒り傷付くとわかっていて、わざとやっているのだろう。

変な話ではあるが、素直にそう悟れた。

「そうね。あなたのために、わたし、頑張ってくるわ」

だからこそ、この返しが不満だったようで。

アヴリルはこっそりと舌打ちをしていたが、反対に両親は満足したようだ。

「流石は我がウェバー公爵家の長女だ」

「ええ。あなたはわたくしたちの誇りですわ」

アラーナは、ありがとうございますと礼を述べ、屋敷を後にした。

昨日のアラーナとウェバー公爵夫妻のやり取りを聞いていたメイドたちは、複雑な表情をしながらその背を見送っていた。

◆

テレンスとアラーナが共に馬車に乗り、揺られること数分。

アラーナはポケットから空色の宝石を取り出し、前に座るテレンスに見せた。

「これ、綺麗でしょう？」

「ええ、とても」

いつもと変わらぬ様子に安堵《あんど》しながらも、どこか緊張しながらテレンスは意識して笑ってみせた。

エイベル殿下にいただいたものですかという質問がテレンスの頭を一瞬よぎったものの、口にするのは踏みとどまった。万が一そうだとしても、きっと心からの贈り物ではないだろうと、今ならわかるから。

「これはね。四年前に亡くなった、おじいさまからいただいたものなの。こっそり、とね」

「……そうだったのですか」

ウェバー公爵家の前当主であるアラーナの祖父は、おそらくは唯一と言ってもいい、アヴリルと平等にアラーナのことを愛していた身内だった。

こっそり、とは。アヴリルに知られれば、きっと盗られてしまうと考えたからだろう。

あの両親は、それがどんなにアラーナにとって大事なものでも、アヴリルが欲しがれば、それをあげなさいと簡単に命じてしまえる人たちだから。

「わたしも多少の目利きはできるから。これはきっと、本物だと思うの」

「そう思います。私には想像できないぐらい、高価なものかと」

「テレンスもそう思う？」

「ええ。アラーナお嬢様は、愛されていたのですね」

そうかもしれないわね。

小さく呟くと、アラーナはテレンスの顔の真横にそれをかざした。

何事かと目を丸くするテレンスに「やっぱり、あなたの瞳の色の方が、似ているわ」と、アラーナは目を細めた。

「澄んだ空色の瞳。まるで今日の空のようね」

「それはアラーナお嬢様の方ですよ」

「昔は、そうだったのかもしれないわ。おじいさまが『これはお前の瞳のように美しい宝石だから、お前に相応《ふさわ》しいよ』と言って、贈ってくださったものだから」

テレンスには意図がわかりかねて、「……昔、とは」と訊ねる。

アラーナは哀しそうに笑った。

「わたしの瞳の色は、もう濁ってしまったから」

「……そんなことはありませんっ」

否定するテレンスの右手に、アラーナはそっと触れた。かと思えば、テレンスの手のひらに日の光を浴びて輝く空色の宝石をのせた。

「………？」

テレンスが眉をひそめ、顔を上げる。対し、アラーナは顔を伏せてしまった。

「……アラーナお嬢様？」

俯いたまま「それ、テレンスにあげるわ」と、アラーナは言った。

テレンスは耳を疑った。

「ご、ご冗談を」

「いいえ。本当よ。きっとこの世で、わたしに唯一、情を向けてくれているあなたに持っていてほしいの」

苦しく、辛い想い。けれどテレンスは否定できなかった。

アラーナを愛してくれていた前当主は、もうこの世にいないから。

「う、受け取れませんっ」

テレンスは宝石をアラーナに返そうとする。だが、ふいに上げられたアラーナの顔が歪み、空色の瞳が滲んでいるのが見てとれて、テレンスは声をなくした。

アラーナの目尻に大粒の涙が浮かぶ。

それは次々に溢れ、幾筋も頬を伝っていった。

「……違う。違うの。わたしこれから、あなたに頼みたいことがあるの。それに比べたら、これじゃ対価は少ないぐらい……」

くしゃっとなったアラーナの顔に、テレンスは己を恥じた。

いつもと変わらない様子？

馬鹿だ。そんなわけないのに。

あの家族の前だから、そんな風に装う選択肢しかなかっただけなのに。

「頼みなど、いくらでも聞きます。こんなものなどなくとも――」

本心だった。なんだってする。なんでも叶えてみせる。あの日から、たった一人、守りたいと願った人だから。それでも続けられた言葉に、すぐには頷けなかった。

「……だって、毒を手に入れるのだって、お金がいるでしょう？」

毒。

彼女の口から零れ出た単語に、テレンスは絶句した。

何に使用するのか。誰に使用するのか。悪い考えが、頭の中をぐるぐる駆け回る。

両親に、妹に。それともエイベルに使用するのか。

いっそそれならいいのにと、頭の片隅で願ってしまった。

「……それこそ、悪い冗談ですよね？」

掠れた声で問う。アラーナは、いいえと頭をふった。

「……ごめんなさい。こんなこと、あなたにだけは頼むべきじゃないとわかっている。でも、あなたにしか頼めないの……あなたしか……っ」

ごめんなさい。アラーナはもう一度、謝罪した。

両手で顔を覆いながら。

「……弱い人間で、ごめんなさい。でも、わたしもう、頑張れないの……」

雲が。

先ほどまで晴れていたはずの空に、雲がかかりはじめる。

空を、黒い雲が覆う。

「わたしは天才でもなければ、努力が好きなわけでもない……それでも頑張ってこられたのは、両親に、みんなに、認めてもらいたい一心で……アヴリルのことは、必死に気付かないふりをして、自分を誤魔化して……」

でも、はっきりと知ってしまった。確信してしまった。

もう、微かな希望も抱けないのだと。

「頑張らないわたしは、お父様たちにとって、いらない存在となる。そしたら、きっと叱られる。罵倒される。屋敷を追い出されてしまう。最悪、幽閉《ゆうへい》……いいえ。むごたらしく殺されるかもしれない……っ」

そんなことはない。

決して。絶対にそんなことはしないはずですなんて無責任なこと、テレンスにはもう言えるはずもなかった。

姉妹格差は感じていた。口にしないだけで、あの屋敷の者はみな気付いていた。

どうしようもできない自分が歯がゆくて、無力で。

あまりにもアラーナが不憫《ふびん》で、いたたまれなくて。

それでも努力するアラーナを陰ながら応援していた。アラーナが自分に言い聞かせていたように、両親に期待されているからこそですと励ましながら。

でもあれは、酷すぎた。あの親は、アラーナのことをまるで考えていなかった。

そのことを、アラーナ自身が誰より痛感してしまった。

「でも、もう頑張れない。わかるの。勉強なんて、本当はうんざりしていた。王妃教育も、大っ嫌い。でもわたしはアヴリルじゃないから。それは許されない」

はじめて吐露《とろ》される、アラーナの本音。

次々と、次々と、溢れてくる。

「わたしの努力は、わたしのためじゃない。全部、アヴリルのため。わたしは一生、アヴリルのための道具。この世に未練なんて、何もない。生きていたくない。死んで楽になりたい」

「……アラーナ、お嬢様」

「わたしが自害しても、あの人たちは悲しまない。怒るか呆れるだけ。けれど、少しは困らせることができるかもしれない」

「……しかしっ」

「ごめんなさい、テレンス。わたしに覚悟があれば、ナイフをこの胸に突き立てることができたかもしれない。あの人たちの前で、飛び降りることも。でも、怖くて……っ」

アラーナの組んだ手が、震えている。もしかしたら、昨夜、アラーナが自害していた可能性もあったのかもしれない。

テレンスは全身から血の気が引いた。

「即効性のある毒を、手に入れてほしいの。なるべく苦しまず、眠るように死ねたら、わたしの人生そんなに悪いものではなかったと、きっと思えるから」

テレンスは、ぐっと奥歯を噛んだ。

「――お断りします。そんなことをするぐらいなら、私が、あなたを連れて逃げます」

そんな提案など頭になかったのか、アラーナはキョトンとした。

でも。

「ありがとう。その気持ちだけで、充分よ」

そう。そんなこと、実現可能なわけはないのだ。相手は公爵家。さらに婚約者は、この国の第一王子なのだ。逃げられるわけがない。

まして、なんの権力もない、ただの使用人では、なおさら。

それでも、生きることを諦めないでほしかった。

生きていてほしかった。

「なんとか、なんとかします。あの家から、私があなたを連れ出します。だから……っ」

テレンスは、そこで言葉を止めた。泣きながら微笑むアラーナの瞳から、生気がなくなっていることに気付いてしまったから。

アラーナは、逃げたいのではない。もっといえば、その気力さえ失ってしまったのだ。

「ごめんなさい。止めないで。ごめんなさい」

きっとテレンスが毒の調達を拒否しても、あの家から連れ出しても、今のアラーナは死を選択するだろう。ともすれば、今夜にでも。

それがテレンスには、痛いほど伝わってきていた。

だから――

「……わかり、ました」

テレンスは絞り出すように、苦しみながらも答える。

するとアラーナの瞳に、微かに光が戻った。

「ほん、とう？」

「……はい」

「あ、ありがとう。ありがとう、テレンス」

心からほっとしたような表情を浮かべるアラーナに、この人にとっての今の救いはもう死だけなのだと。テレンスの心に嫌でも強く刻まれた。

（……どうして、傷付けられた人間だけが泣かなければならないのだろう）

死だけしか望めぬほど追い込んだ人間は、笑っているのに。

「あなたがいてくれて、良かった。心から感謝しているわ。……なのに、業《ごう》を背負わせるようなまねをさせて、ごめんなさい」

少し落ち着いたのか。涙を拭い、アラーナが頭を下げた。

なんと答えればいいのかわからず沈黙するテレンスに、アラーナは小さく笑ってみせた。

アラーナの心は、確かに満たされていたから。

◆

――わたしも、酷い女ね。


テレンスに縋《すが》った理由。その願いが叶うことを、ちぎれて壊れてしまいそうな心で祈った。

自分は心底弱いと思う。よりによってそれを、情を持ってくれているテレンスに頼むなんて、この上ないほど残酷で、甘えていることも理解している。

それなのに、縋《すが》るのを止められない。

貴族が政略結婚なんて、珍しい話でもなんでもない。それぐらい、我慢しろ。愛されないことぐらい。餓《う》えて、病気で、怪我で、死ぬわけではないのだから。

わかっているのに、アラーナの心はもうぽっきり折れてしまっていた。

馬車が止まる。そこはもう、王宮の門扉の前で。

煌《きら》びやかなはずのその建物は、アラーナの目には薄暗く映った。

「……あんなに雲が」

馬車の窓から空を見上げる。

水色の空より、薄暗い雲の方が、いつの間にか多くなっていた。

「……例のものは、いつ手に入る?」

ふいに、アラーナは小さく口を開いた。テレンスが、つられるように見ていた空からこちらに顔を向けてきたのがわかったが、アラーナは視線を合わせられなかった。

できるだけ早く、なんて。自己中心的にもほどがある。

言葉にこそしていないが、この聞き方では、急《せ》いているに等しく、言っているのと変わらない。

だからこそ、テレンスの顔が見られなかった。

「……うまくいけば、今日にでも」

それでも、欲しい答えをくれたテレンスを、アラーナは罪の意識に苛《さいな》まれながらも思わず見てしまった。

皮肉なことに、死に近付けば近付くほど、アラーナの瞳に光が宿っていく。それをテレンスは、嫌でも認識せざるを得なかった。

馬車からおりたアラーナは王宮を見上げる。行きたくない、逃げたい思いを必死に押し殺し、テレンスがくれた希望だけを励みに、自分をなんとか奮い立たせる。

ごめんなさい。

心の中で呟いてから、アラーナは後ろにいるテレンスを振り返った。

「行ってきます。テレンス、お買い物よろしくね」

「……はい」

頭を垂れるテレンスに、もう一度心で謝罪しながら、アラーナは王宮へと足を向けた。

テレンスは御者《ぎょしゃ》に、アラーナお嬢様からの頼まれ事があるので出かけてきますと伝え、その場を後にした。

◆

王都の南西の街外れには、貧民窟《ひんみんくつ》が存在する。

中央に行けば行くほど治安はよく、逆に離れれば離れるほど、治安は悪くなる。貧民窟《ひんみんくつ》はその最たるところで、貧民や犯罪者がたむろする場となっている。

服の上からぼろ布をまとったテレンスは、貧民窟《ひんみんくつ》のとある場所を迷いなく目指した。ぼろ布に、フードを被ってはいるが、テレンスの雰囲気はこの場にはそぐわない。

にもかかわらず、みな、遠巻きに見るだけで絡んではこない。

一つは、テレンスに隙がないから。

もう一つは、知っているから。

「――よお、テレンス。数ヶ月ぶりだな」

街外れのここに溶け込んだ男の声色が、少し離れた場所から響いた。それは、この貧民窟《ひんみんくつ》の集団の一つを束ねている、リーダーだった。

「探す手間が省けて助かったよ、サム」

ほっとしたように、テレンスは答えた。

◇

「頼みがある」

サムたちが根城《ねじろ》にしている廃墟《はいきょ》の一室。古びたテーブルを囲いながら、テレンスは前に座るサムに口火を切った。

「頼み？」

「……ああ」

「えらい憔悴《しょうすい》してんな。まさか、お前の大切なお嬢様絡みか？」

テレンスは「あたりだ」と、大きく息を吐いた。埃っぽくカビ臭いここは、それでも、あのウェバー公爵家よりまだ楽に息ができる気がした。

サムは、テレンスの元学友だ。同じ年の彼とは、王立学園で同じクラスとなり、友となった。

けれど一年も絶たないうちに、彼の家が事業に失敗して没落《ぼつらく》した。授業料が払えず、王立学園を去って行った彼はやがて行方知れずとなった。

そんな彼と王都で偶然再会したのは、二年前のこと。

他には誰もいない部屋で、テレンスは昨日から今日までの出来事を話した。サムは酒を飲みながら、黙って耳を傾けていた。

「ふーん。婚約者の王子様が、妹ととねぇ。王族や上位貴族ったって、やることはあんま庶民とかわんねえんだなあ」

「お前も、元貴族令息だろ」

「そうだよ、元だ」

「……身分は関係ない。大事なのは、その人が、どういう人格かだ」

へーへー。

サムは酒の入った瓶を、テーブルに置いた。

「んで？　親もそれを容認しているうえに、妹のために人生を捧げろと。確かにえげつない話だが、それで自害か？　仕事さえこなしていれば、王妃になれるってのに」

「……そうだな。こうして他人事として話を聞くだけでは、そう思っても仕方のないことかもしれない。……いや。実際のところ、私もアラーナお嬢様がそこまで追い詰められているとは、考えが及んでいなかった。でも、アラーナお嬢様は本気だ。毒がなくとも、きっと、近いうちに……」

「だからせめて、苦しまずに逝《い》かせてやりたいってか？」

サムの台詞に、テレンスはぐっと拳を握った。

「――お前に、二つ、頼みたいことがある」

「あ？　二つ？　毒の調達以外にも、何かやれってか？」

テレンスは「……ああ」と言いながら、ポケットから、空色の宝石を取り出し、テーブルに置いた。サムの双眸《そうぼう》がギラリと光る。

「報酬は、これだ」

「へえ……」

口角を上げ、サムが宝石を手に取った。

「とりあえず、話を聞こうか」

◆

――日が傾きかけてきたころ。

アラーナは一人、王宮内の廊下を歩いていた。

想像はしていたものの、今日は散々だった。王妃の教育係の先生には、集中できていない、やる気があるのかと一日中怒鳴られてしまった。

せめて今日ぐらいは、いつも通りに。そう意気込んでいたのだがやはり無理だった。もはや、何もやる気が起きない。こうやって歩いているだけで、身体が重く息がしにくい。

生きていることが、ただ、辛い。

（……早く、楽になりたい）

頑張らなくていいところに、早くいきたい。

それが甘えだろうとなんだろうと、もう、どうでもいい。傍から見ればそんなことと思われるかもしれない。もっと辛くて苦しいことなんて、山ほどあると。

わかっている。けれどアラーナの心はすでに病んでいたので、もう、気力だけではどうにもならないところまできてしまっていた。

「なんだ。今日の王妃教育は終わったのか」

疲れて窓からぼんやり空を眺めていると、後ろから声がした。

振り返らずとも誰かはわかった。

「ちょうどいい。これからぼくの執務室に来て、仕事を手伝え」

流石に無視を続けるわけにもいかず、アラーナはエイベルの方を向いた。アヴリルとの不貞行為《ふていこうい》を目撃して以来の再会——といっても、一日しか経ってはいないのだが。

（……この人。こんな顔をしていたのね）

はじめて見る顔ではないはずなのに。どうしてか、そんなことを思った。夕日の紅い色に照らされる彼がまるで、血に染まっているように不気味で、心からその存在を不快に感じ、嫌悪《けんお》した。

「……申し訳ありません。今日は、気分がすぐれなくて」

気持ちを隠すように、アラーナは頭を下げた。

実を言えば、エイベルがアラーナに押しつけていたのは生徒会長の仕事だけではない。第一王子としての仕事すら、アラーナに手伝わせていた。

「は？　そんなこと知るか。ぼくの仕事を手伝うのは、婚約者であるお前の役目だろう」

こんな理由でエイベルが納得するはずはないと思っていたが、案の定だった。

でも、そんなの知るかというのは、アラーナも同じだった。

これまでは、そんなこと思ってはいけないと、表に出さない心の内ですらおさえつけていたが、もう止められなかった。

（……会話しているだけで、吐きそう）

わたしは今まで、どのようにこの人と会話していたのだろう。

頭がおかしくなったように、もう思い出せない。

「……失礼します」

小さく呟き、踵《きびす》を返そうとした。

エイベルは予想通り怒り、逃がすまいとアラーナの腕を強く掴んできた。

「ふざけるな。アヴリルとのデートに、予想以上に時間をくってしまったんだ。このままでは、父上と母上に叱られてしまう。絶対に手伝ってもらうぞ」

自業自得だろう。心で吐き捨てながら、気持ち悪くてアラーナはエイベルの腕を振り払った。

こんな態度を取ったのは、はじめてだった。

エイベルは最初、目を白黒させていたが「……はあ？」と眉をひそめ腕を振り上げた。

殴られる。咄嗟《とっさ》に身構えたアラーナが、目を閉じる。生きる気力はなくしても、痛いのは嫌だと、本能が拒否した。

「――エイベル殿下、おやめください！」

聞き覚えのある声が響き、エイベルの前に立ち塞がった。おそるおそる瞼を開けると、アラーナを庇うような、大きな背中が目の前にあった。

「トマス、なんのつもりだ！」

これまで従順で決して逆らったことのなかったトマスに、エイベルが腹を立て声を荒らげる。そんなエイベルに怯むことなく、トマスが鋭い双眸《そうぼう》を向ける。

「それは私の台詞です。何をなさろうとしていたのですか」

「こいつが、ぼくの頼みを無下に断った。怒って当然だろう？」

「……頼み、とは」

「ぼくの仕事を手伝ってくれと頼んだら、気分がすぐれないなどと言い訳をして、逃げようとしたんだ。無礼にもほどがある」

「………………」

呆れたように押し黙るトマスに、エイベルは益々苛立ちを募らせた。

「なんだ、その顔は。言いたいことがあるならはっきり言え！」

アラーナは後ろからトマスの服を掴んだ。

トマスが振り返ると、アラーナは首を左右に弱く振った。

もういいの。目でそう訴えかける。

「…………っ」

「ちっ。もういい、この役立たずどもめが！」

吐き捨て、エイベルは立ち去って行った。

◆

ほっと息をつくアラーナ。

対し、トマスは悔しさから唇を噛みしめた。その様子に、アラーナは頬を緩めている。

「ありがとう、トマス。わたしを庇って、わたしのために怒ってくれて……」

「……いえ。私は、何も」

エイベルとアヴリルとの関係を知りながら、何もしてこなかった後ろめたさから、トマスが目を伏せる。

「そんなことないですよ。わたしはあなたに、感謝しています。そのことは、決して忘れないで……」

柔く、アラーナが笑った。トマスは、ドキッとした。

良い意味ではなく、何か悪い予感がしたのだ。

「アラーナ、様……」

「はい」

「い、いえ。お帰りになられるのなら、門までお送りしますよ」

「大丈夫ですよ。それより、わたしのせいでエイベル様の機嫌を損ねてしまいましたよね。ごめんなさい」

「……ちょっとしたことで怒るのは、いつものことですから。慣れています」

諦めたように苦笑するトマスに、アラーナは申し訳なさそうな表情を浮かべる。

「そうだったのですね。わたし、自分のことだけに精一杯で……そんなことも知らずに」

「……それだけ、アラーナ様がひたむきに頑張ってこられたということだと、私は思います」

その言葉に、アラーナは嬉しそうに薄く笑った。

けれど、どこか。

何かが引っかかって。

「それでは。わたし、もう行きますね」

「は、はい」

(そうだ……エイベル殿下とアヴリル様の不貞行為《ふていこうい》を、昨日目撃したばかりなのに、どうして)

どうして。どこか、吹っ切れたような表情をしているようにさえ、見えるのか。婚約者と妹だけでなく、アヴリルの言うことが正しかったのなら、親にさえ裏切られていたというのに。

嫌な予感がした。でも、どうすることも出来ない自分が歯がゆくて。

トマスは、天を仰いだ。

――次期国王がエイベル殿下で、本当に良いのだろうか。

トマスは、アラーナの心を思うと同時に、この国の行く末を案じた。

◆

「ほ、本当に？　もう手に入れてくれたの……？」

アラーナが全身を震わせ、歓喜する。

それを複雑な感情で、テレンスは見つめていた。

「はい……この手のことは、金を積めばなんとかなるものですから」

正直に言えば、かなり無理を通した。サムとの繋がりがあったことに加え、あの宝石の価値で交渉を有利に進められたことが大きかった。ちょうどテレンスが欲していたものを先に依頼していた者がいたのだが、それを横流ししてもらったのだ。

――アラーナの精神が、限界に近いと感じていたから。

王宮からウェバー公爵の屋敷への帰路の途中。その馬車内で、テレンスはアラーナに小瓶を差し出した。アラーナが胸を高鳴らせ、それを受け取る。

「……お気持ちは、変わりませんか」

テレンスの重い声音。アラーナはそれでも迷うことなく、ごめんなさい、と返した。

「一日過ごしてみて、痛感してしまったの。わたしはもう、頑張れない。でも、アヴリルではないわたしに、それは許されないから」

アラーナは、自嘲するように薄く笑った。

「わたしも、きっと家族たちと同じように歪んでいるのね。こんなことをすれば、あなたが傷付くとわかっているのに」

「…………」

「でも。こうすれば、あなただけはわたしを忘れないでいてくれるかな、なんて……」

テレンスは、驚いたようにアラーナを見据えた。

アラーナの独りよがりな願いは、まさにこれだった。アラーナは、何度目かわからない謝罪を口にし、嬉しそうに手の中にある小瓶を抱き締めた。

「……いつ、ですか」

「え？」

「いつ、それを飲まれるのですか……？」

テレンスの問いに、アラーナは、今日よと答えた。

「何時ごろでしょうか」

「時間は、まだ決めてないけど……みんなが寝静まったころね。変に感づかれたら、止められるでしょうし。愛されてはいないけど、アヴリルの幸せのために、わたしは必要不可欠な道具だから」

「具体的な時間を教えてはいただけませんでしょうか」

「どうして？」

テレンスは「祈りを」と呟いた。

「祈り？」

「……はい。アラーナお嬢様がきちんと神の国にいけるように、その時間に、祈りを捧げたいと——」

アラーナの目頭がつんと痛くなる。家族やエイベルと変わらない、身勝手な願いだと承知しているからこそ、脅しのようにテレンスに頼った。恨まれても仕方のないことをしたのに、まさか、こんな優しい言葉をくれるなんて予想していなかったから。

「……そんなことまで考えてくれていたのね。嬉しいわ。ありがとう、テレンス」

嬉しいけれど、同じぐらい申し訳なくて、自身を恥じた。

でも、後戻りするつもりもない。

「……私にできるのは、こんなことぐらいですから」

どう伝えればいいのだろう。

一番傷付けてはいけない人を踏み台にして、アラーナは願いを叶える。その罪は重い。決して、テレンスにこんな顔をさせたいわけではないのに、死を惜しんでくれることが、嬉しかった。

――矛盾している。わたしは、おかしい。

「こんなこと、なんかじゃないわ。あなたがいなければ、わたしは痛みと苦しみの中、絶望のまま逝く選択肢しかなかった」

アラーナはテレンスの両手を握り、表情を緩めた。

それは、作りものではない、本物の笑顔だった。

「日付がかわるころ、逝《い》くわ。今まで本当に、ありがとう。わたしが言えたことじゃないけれど、あなたの幸せを、心から祈っているわ」

わたしのこと、忘れないで。

とは、言えなかった。

◇

日が落ち、空が真っ黒に染まる。時計を見れば、あと五分で日付がかわる時刻となっていた。

アラーナは一枚の紙に、文字を書いた。ただ一言。

さよなら、と。

お礼を告げたい人にはちゃんと言えたから。

遺書《いしょ》を書いたのは、誰かが変に疑われたりしないため。

夕食はいらないと告げたアラーナを、両親も、妹も、弟も、誰も心配しなかった。王宮から帰ってきて、ずっと部屋にこもるアラーナを家族は誰も訪ねてこなかった。

それがなんだか、妙に嬉しかった。

ほらやっぱり、と確信できたから。

「……ふふ」

家族は、困るかしら。慌てふためくかしら。

娘を自害に追い込むなんて、一族の恥ですものね。

時計の針が、真上を指した。

アラーナは時計の前から寝台に移動し、腰を落とした。

最後にテレンスの顔を脳裏に描きながら、小瓶に入った毒を迷うことなく、一気に飲みほした。

◆

アラーナの私室の扉が、静かに開いた。燭台《しょくだい》を持ったテレンスが、テーブルに置いてある一枚の紙に気付く。灯りを近付け、アラーナが残した遺書《いしょ》を読むと、ゆっくり寝台に近付いた。

アラーナは、寝台に横たわっていた。右手からこぼれ落ちたのであろう小瓶が、床に転がっていた。中身が空っぽなことから、一気に、迷うことなく飲んだことが知れた。

アラーナの顔に手のひらをかざしてみる。

アラーナの呼吸は、止まっていた。

「…………っっ」

テレンスは怒りと哀しみをこらえるように奥歯を噛み締め——燭台《しょくだい》を持ったまま、ウェバー公爵の部屋へと向かった。

コンコン。コンコン。

自室でウトウトとしていたウェバー公爵は、ふいに響いたノック音に、苛ついた声音で誰だと声を上げた。

「テレンスです」

扉越しの人物に、ウェバー公爵はさらに怒った。

「貴様。いま、何時だと——」

「アラーナお嬢様が、亡くなられています」

被せられた言葉に、ウェバー公爵は固まった。

目を見開いたまま寝台からおり、ゆっくりと扉を開いた。

「……どういうことだ」

蝋燭《ろうそく》の灯りに照らされたテレンスが、声を震わせながら答える。

「……実は、王宮から帰る馬車内で、今日の夜。日付がかわるころ、部屋にきて欲しいとアラーナお嬢様に頼まれていたのです。内密に……」

「なぜ」

「理由は、そのときに伝えると言われ……先ほど部屋を訪ねてみたのですが、返事がなく……ですが、扉が開いていたので入ってみると……テーブルには、さよならと書かれた一枚の紙が置いてあり、そして……寝台に横たわるアラーナお嬢様は、息をしていませんでした」

「は？　ま、待て待て……」

軽いパニック状態になっているのか、ウェバー公爵が、その場をうろうろする。

「さよなら、だと？　なんだ、それは。それじゃまるで、遺書《いしょ》ではないか」

ぶつぶつ一人でぼやいていたかと思うと、ウェバー公爵はテレンスから燭台《しょくだい》を奪い取り、アラーナの部屋に向かった。

アラーナは、寝台に横たわっていた。暗くて、顔色すらよくわからないその顔は、ただ眠っているようにも見えた。ウェバー公爵が、恐る恐るアラーナに近付いていく。

どくん。どくん。

頭の中で響くほど大きく、早鐘を打ちはじめた心臓が、手を震わす。

その手のひらを、アラーナの鼻と口にかざした。

「……なんってことだ……っ」

ウェバー公爵は頭を抱えたかと思うと、駆け足でウェバー公爵夫人の部屋に向かった。

「起きろ！　起きろ！」

ウェバー公爵が叫ぶ。緊迫感のある声色に、アヴリルと数人の使用人が何事かと目を覚まし、ウェバー公爵の元に集まってきた。

「自害、ですって？　そんな馬鹿な……賊《ぞく》が侵入して、殺されたのではなくて？」

ウェバー公爵夫人が動揺しながらも、そんな推測を吐いた。ウェバー公爵は、そうかと、アラーナの部屋にいるテレンスに廊下から呼びかけた。

「どうだ、テレンス！」

「……窓にはきちんと鍵がかかっているので、少なくとも、ここから侵入された可能性は低いかと。争われた形跡もありませんし」

ウェバー公爵は小さく舌打ちした。それを耳にしたテレンスは、一瞬、燭台《しょくだい》を握る力を強めたが、すぐに冷静を装い、床に落ちた小瓶を手に取り臭いをかいだ。

「詳しい種類まではわかりませんが、これは、毒だと思われます」

ウェバー公爵は「くそっ。どこからそんなもの……っ」と、苛々しながら親指の爪を噛んだ。

テレンスはテーブルに置いてある紙を手に取ると、ウェバー公爵たちに近付いていった。

「これは、アラーナお嬢様の字に間違いないと、私は思います。どうでしょうか？」

遺書《いしょ》を向け、問いかける。

アヴリルは、そんなの知らないわよと怒鳴った。

ウェバー公爵とウェバー公爵夫人は、口にこそ出さなかったものの、アヴリルと同じ意見なのか、怒りを露わにしていた。

「何これ、もしかしてあたしへのあてつけじゃないでしょうね。もしそうなら、陰湿《いんしつ》にもほどがあるわよ。エイベル様に愛されていなかったのは、自分のせいじゃない！」

ウェバー公爵は「……かも、しれん。ここまで責任感のないやつだったとは」とぼやいたかと思うと、テレンスから遺書《いしょ》を奪いビリビリに破り捨てた。

唖然《あぜん》とするテレンスと使用人たちに、ウェバー公爵は告げた。

「アラーナは、殺された。屋敷に侵入してきた賊《ぞく》に、無理やり毒を飲まされ、殺されたのだ」

テレンスは目の前が真っ暗になった。行動が、言葉が、信じられなかった。

なんだ、こいつは。こいつらは。

本当に、人の親なのか。

娘が自害したことに、哀しみや、後悔はないのか。傍で様子を見ていた二人の使用人も、一階で聞き耳を立てていた使用人たちも、同じ思いだったろう。

なのに。

「……あなた。それでは、我が家の警備体制が疑われてしまいますわ」

ウェバー公爵夫人が口にしたのは、母が娘を思うそれとはほど遠いものだった。

「朝になると、アラーナは、忽然《こつぜん》と姿を消していた。そのまま、アラーナは行方不明。そうしておいた方が、警察に事情を説明するときも何かと都合が良いのではなくて？」

ウェバー公爵は顎に手を当てたかと思えば、ウェバー公爵夫人の案をすんなり受けいれた。

「……そうしよう。そうなると、アラーナの遺体をどうするかだが」

「ねえ、お父様。燃やしちゃえばいいのではないですか？」

「……遺体の始末は、お前が思っているほど簡単ではない」

異常だ。テレンスは、怒りを通り越して、この家族に恐怖を抱いた。

（ちらりとも、哀しみはしないのか。娘で、姉で、家族なのに……心配するのは、そこなのか）


——私はこれまで。この家族の、いったい何を見てきたのだろう。


近くにいる使用人たちを見る。アラーナ付きの侍女と住み込みのメイドがいた。その二つの双眸《そうぼう》は、恐怖に揺れていた。化け物を見るかのようにウェバー一家を見つめている。

彼女たちは決して、アラーナの敵でも味方でもなかった。一番に愛されないと気がすまないアヴリルに変に目をつけられないために、淡々と仕事をこなすような人たちだった。

（……私も、彼女たちと変わらない。あの方に、何もしてあげられなかった）

アラーナお嬢様が自害したのは、あなたたちのせいだ。

叫びたい衝動に駆られる。自身の息が荒くなっていくのを感じる。死を哀しむ心さえ、あなたたちは持ち合わせていないのか。ぶつけてやりたい。口が開かれていく。

そのとき。

「おかあさまぁ？」

目をこすりながら暗闇から現れたのは、ロブだった。

「みんなでなにをしているのですか？」

寝ぼけているロブに、ウェバー公爵夫人が慌てて駆け寄る。

「な、なんでもありませんよ。さあ、早くお部屋に戻って」

「ええ？　でもぉ」

「お母様も一緒に行ってあげますから。ほら、アヴリルも」

「そ、そうですね。ではお父様、おやすみなさい」

二人は逃げるように、連れだってロブの部屋へと行ってしまった。後は任せる。そういうことなのだろう。

「……勝手なことをっ」

頭を掻きむしるウェバー公爵に、テレンスが一歩近付く。

「ウェバー公爵」

「……今度はなんだ、テレンス」

「アラーナお嬢様の自害を止められなかったのは、私のせいです。ですからどうか、その責任をとらせてください」

「……責任だと？」

「はい。アラーナお嬢様のご遺体の処分、私に任せてはいただけないでしょうか」

「どうするつもりだ？」

「王都より離れた、何処か人気のない――そうですね。深い深い谷底にでも、連れて行こうかと」

連れて行く。すなわち、捨てるということ。

その意味を理解しているはずのウェバー公爵は、驚くことも怒ることもなく「……谷底か。良い案だ」と、不気味なほどあっさり提案を受け入れた。

テレンスは眉をぴくりと動かしたが、すんでのところで平静を装った。

「つきましては、私を、解雇《かいこ》していただきたいのですが」

「解雇《かいこ》……？」

「はい。アラーナお嬢様が忽然《こつぜん》と姿を消したとなれば、護衛役の私の責任は重いはず。そんな私が、変わらずウェバー公爵家にお仕えしたままなのは、いささか不自然かと」

「それはそうかもしれんが……いい、のか？」

「むろんです。どちらにせよ、アラーナお嬢様を救えなかったのは同じですから」

「……わかった。かわりと言ってはなんだが、退職金は多めに払うとしよう。他に望みはないか？」

テレンスに対する感謝、詫《わ》び、というより口止め料だろう。

テレンスはそう察したが、心底どうでもよかった。

「ありがとうございます。では、幌馬車《ほろばしゃ》を一台用意してもらえますか？」

「……ああ、もちろんだ。アラーナを運ばなくてはならないからな」

ウェバー公爵が、ふっとアラーナの部屋に目を向けた。何を考えているのか。テレンスにはわからなかったし、もはや、わかろうとも思わなかった。

「目立たぬよう、深夜のうちにここを出ます。朝になり、王都の城門が開くころ、出立《しゅったつ》します」

「……任せる」

ため息交じりに吐き捨て、ウェバー公爵は自室へと戻って行った。なんの未練もないように。

それを目で追っていたアラーナ付きの侍女が、震える声で「お、お医者様を」と告げてきたが、
テレンスはゆるく頭をふった。

「……聞いていたでしょう。それは許されません」

「……でも、まだっ」

テレンスはほんの少しだけ頬を緩ませ「後は私に任せて。みな、お部屋に戻ってください」と、
アラーナの元へ向かった。

呼吸を止めたアラーナの身体を横抱きにする。

はじめて抱き上げたアラーナは、驚くほど細く、軽かった。

「……頑張りましたね」

囁かれた言葉は、闇に溶け、消えていった。

◆

幌馬車《ほろばしゃ》の御者台《ぎょしゃだい》には、テレンスが。

荷台には、木箱に入れられたアラーナがいた。

暗闇の中、馬車がゆっくりと進む。

突然、数人の人影に馬車が囲まれたかと思うと、御者台《ぎょしゃだい》に一人の男が乗ってきた。テレンスの首筋にナイフを当て、男が馬車を止めろと指示をしてきた。

テレンスは言われた通り、手綱《たづな》を引いて馬車を止める。

「……悪いな、サム。こちらの仕事は、もう必要なくなったんだ」

掠れた声に男――サムは無言でナイフをしまい、馬車を囲う男たちに、中止だと呼びかけた。男たちはこくりと頷き、暗闇に消えていった。

「立派にリーダーやっているな」

「報酬は先にいただいているし、馬車を襲う話は中止もあり得るとあらかじめ伝えていたからな」

「――私たちをつけてきている者はいたか？」

「いねえ。お前が屋敷を出てきてからずっと見張っていたが、静かなもんよ」

テレンスは、そうか、と息を吐いた。

「なら、お前たちのところに行ってもいいか？」

「おう。好きにしな」

「あの宝石、よほど高値で売れたらしいな」

「まだ売ってねえよ。これからだ。しかし、お前が考えていたより、よっぽどスムーズに事が運んだようだな」

そうだな。

テレンスは、押さえつけていた殺気を一気に放った。

「考えていたより、ずっと、あいつらは屑《クズ》だったよ」

馬車を走らせながら、テレンスはこれまでの経緯を語った。

サムは、へえと思わず御者台《ぎょしゃだい》から荷台を見た。

「なるほどねえ……遺書《いしょ》を破いて、娘の遺体を捨ててこいたあ。そんな家族じゃ、死にたくなる気持ちもわからんでもねえなあ。まあだからこそ、こんなにスムーズに事が運んだとも言えるけどな」

テレンスは答えなかった。その通りだとはテレンスも思っていたが、こうなることを望んでいたわけではなかったから。

◆

「…………痛っ」

頭痛で目を覚ましたアラーナは、ぼんやりと瞼を開けた。

視線の先に、朝日に照らされた古く汚れた知らない天井と壁があった。

「……ここは」

何処だろう。

呟く前に、耳に馴染んだ声色が響いてきた。

「アラーナお嬢様……」

仰向けのまま、顔だけを横に向けると、心配そうにこちらを覗き込むテレンスがいた。

「どこか身体に異常はありませんか？」

「……頭がぼんやりして、少し痛むだけ」

「他には？」

アラーナは「大丈夫」と答えながら、知らない部屋を見回した。そのうちに、ようやく思考が動いてきた。

「……わたし、生きてるの？」

「ええ、そうですよ」

テレンスが、どうやら記憶に問題はないらしいと、ほっと胸を撫で下ろす。

「……どうして？」

アラーナが静かに問いかける。

その声色にはあきらかな絶望が宿っていて、テレンスの顔が強張る。

「………それは」

テレンスが理由を説明する前に、第三者の声が割って入ってきた。

「お嬢さんが飲んだのは、仮死状態になる薬だったんだよ」

テレンスの背後。声の主を目で追う。開けられた部屋の扉に、寄りかかるようにして立っていたのは、アラーナがはじめて見る人物だった。

「……誰、ですか？　それに、仮死状態って」

「仮死状態ってのは、呼吸がほとんど止まってはいるが、心臓は動いている状態のことだ。つまりは、死んだふりしても、脈を確かめられれば一発でバレるってことだな」

アラーナは男からテレンスに視線を移した。

テレンスは「あいつは、私の友だちのサムです」と答えた。

アラーナはぼやける思考を動かし、いつか確かに聞いた名を探った。

「友だち……ああ、この人がそうなのね」

アラーナはサムを見つめ、目を細めた。

あれはいつのことだったか。テレンスが珍しく、嬉しそうに、やけに機嫌の良い日があった。何かあったのと訊ねたら、友だちと偶然再会したと教えてくれて。

会ってみたいと何度言っても、テレンスはそれだけは聞き入れてくれなかったから、こうして顔を合わせるのは、はじめてだった。

「……会えて嬉しいです、サムさん」

小さく微笑むアラーナに、サムは目を丸くした。

「公爵令嬢様が、こんなみすぼらしくてガラの悪いオレを見てびびらねえどころか、そんな風に言ってくれるなんてな。あんた、優しい人なんだな。そりゃ、テレンスも全力で守りたくなるわな」

テレンスは苦笑してから、寝台に横たわるアラーナに向き直った。

「……アラーナお嬢様を騙すかたちになってしまったこと、謝罪します」

頭を下げるテレンスの声は微かに震えていて。

アラーナは一度目を閉じてから、ゆっくりと開いた。

責められるわけがなかった。

すべて押し付けて、自分だけ楽になろうとした。

本当に終わらせたいなら、巻き込むべきではなかったのだ。

こんなに、優しい人を。

「……いいえ。謝らなければならないのはわたしよ。あなたをこんなに苦しませて、追い詰めて、ごめんなさい」

「お嬢様……」

「ねえ、それより教えて？　わたしが、その……仮死状態になってからのこと。ここは、サムさんのおうちなの？」

サムは「うちっつうか、根城《ねじろ》っつーか。まあ、仲間たちと住んでるから間違ってはねーか」と肩を竦《すく》めた。

「教えてやれよ、テレンス。オレに話したみたいに」

「しかし……」

「もうすぐ王都から出立《しゅったつ》すんだろ？　家族の対応聞きゃ、未練なんかすっぱりなくなんじゃねーの？」

「そうかもしれないが……あ、アラーナお嬢様。まだ寝ていた方が」

アラーナは「平気よ」とぎこちなく笑みをつくり、上半身を起こした。

「お願い。どうか、真実を教えて？　家族のことを」

「……わかり、ました」

ぐっと両拳を握り、覚悟を決めた様子でテレンスは語りはじめた。

「……サムが言っていた通り、アラーナお嬢様の呼吸は止まっていても、心臓は動いていたんです。親なら、娘の死をそんなに簡単には受け入れられないはずですから……必死に、生きている可能性を探るかと思っていたのですが……」

「こいつは、たとえどんな罰を受けようとも、あんたを死なせたくなかったし……まあ、微かな希望も抱いていたわけだな。その可能性は低いにしても、流石に娘の遺体は教会へと持っていくはずだから、そのときはオレたちが馬車を襲い、仮死状態のお嬢さんを盗む手はずだった——が」

サムは一旦言葉を切り、テレンスを横目で見た。

テレンスは沈黙していたが、サムの言葉を止める様子はない。

察したアラーナが、多少急かすように「続きをお願いします」と、サムに先を促す。

「——お嬢さんの父親はあんたの遺書《いしょ》を破り捨て、あんたは忽然《こつぜん》と屋敷から姿を消したことにすると宣言。そして、テレンスがあんたの遺体をどこか遠くに捨ててくるという提案をあっさりとのんだってわけ。お嬢さんとテレンスが乗った馬車を追ってくる奴もいなかったおかげですんなり事が運び、あんたたちは現在、ここにいるっつーことだな」

ざっくり説明するとこんな感じかな。サムは締め括り、テレンスと同じようにアラーナに注目した。アラーナが受けた精神的な打撃は、相当なものだったろう。

沈黙が続く。

一分。二分。

「………はっ」

呼吸することすら忘れていたアラーナが、息を吐いた。

じわりと浮かんだ涙を、服の袖で力任せに拭う。

使えなくなった道具は、捨てる。そういうことなのだろう。

自分の存在価値が、あらためて、ひどく滑稽《こっけい》に思えた。

「……わたし、本当に愛されていなかったのね。わかっているつもりだったけど、ここまでとは思っていなかったわ。わたしも、まだまだ甘いわね」

「アラーナお嬢様……」

「ありがとう、テレンス。サムさんも。わたしも、心のどこかでテレンスと同じように、少しはわたしの死を哀しんでくれるのではないかと微かな希望を抱いていたのかもしれない。でも、そんなものはなかった。それが思い知れて、良かった」

哀しそうに、それでも確かに吹っ切れたように、アラーナは一つ、笑った。

◆

「それより、王都を出立《しゅったつ》って……」

とたん。

サムが声を出して笑ったので、アラーナは目をぱちくりさせた。

「な、何？」

「いやなに。それよりって、お嬢さん。自害するまで追い詰められてたわりに、図太くね？　今の話、オレでも相当引いたけど」

「おい、サム！」

あまりの無神経さにテレンスが怒るが、アラーナが「いいのよ」と止めた。

「笑ってくれた方が、まだ救われるわ。遺書《いしょ》を破ったあげく遺体を捨ててこい、でしょ？　酷すぎて、もう涙も引っ込んだわ」

「………………？」

テレンスは怪訝《けげん》な顔をする。いくらなんでも、吹っ切れ過ぎではないだろうか。

「そんなことより。王都を出立《しゅったつ》って……まさか、わたしとあなたでってこと？」

「……はい。もうすぐ王都の城門が開く時刻になるので」

駄目よ。アラーナの口調はいつになく、強かった。

「わたしはもう、公爵令嬢でもないし、死んだ人間なのでしょう？」

迷いのない瞳が、むしろテレンスには怖かった。

「……そう、ですね」

「わたしはもうあなたの守るべき主ではないし、世間知らずのただの女よ。どう考えても、この先、わたしはあなたの負担にしかならない」

よくわかってるじゃねえかと茶化《ちゃか》すサムを、テレンスはぎろっと睨みつけた。おお、怖え。サムは笑いながら、そそくさと部屋を出て行った。

「……なら、どうするおつもりですか？」

「わたしはあなたのおかげで、あの家族から自由になれた。感謝しているわ。もう、充分」

「……死ぬおつもりですか」

「死なないわ。救ってもらった命、絶対に大切にする。だからあなたは、一人で王都を出立《しゅったつ》して」

崩れない笑み。心が病んでしまう前、アラーナは貴族令嬢らしく、感情を表に出さず、辛さも何もかもを隠すのがとても上手かった。

だから気付くのが遅れた。

でも、今度は間違えたりしない。

「……私が父親のせいで、ウェバー公爵家から解雇《かいこ》されそうになったときのこと、覚えていますか」

伯爵令息だったテレンスが、王立学園を卒業後、ウェバー公爵家の使用人になれたのは、代々の付き合いがあったおかげだ。確かな身分、培ってきた信用。剣術の成績も優秀だったことから、屋敷の護衛を任されていた。

――ウェバー公爵家に仕えて数年が経ったときのこと。

テレンスの母親が病死した。もともと身体が弱かったため、その日が来ることはある程度覚悟していたのだが、問題はその後に起こった。

テレンスの父親のカステロ伯爵はとにかく女性にもてた。またカステロ伯爵自身も女好きだったため、家族があずかり知らないところで、複数の愛人を囲っていた。

そんなカステロ伯爵も、妻への愛は本物で。それを理解していた愛人たちは、見目も良く、優しくて贅沢もさせてくれるカステル伯爵の愛人としての立場に満足していた。

しかし、その妻が亡くなったことで欲が出てしまった。

どうか、あたしを後妻《ごさい》に。あたしだけを愛して。

面倒になったカステロ伯爵は、妻がいなくなった屋敷の一室に愛人たちを集めた。関係を切るために。妻を亡くして、もう誰に知られてもよいと、どこか自暴自棄になっていたのかもしれない。

カステロ伯爵は、金ありきの割り切った関係だと思い込んでいたせいで、彼女たちの思いの深さに気付けなかった。手切れ金を渡し、それで終わりになるはずだった。それには口止め料も含まれていて、大層な額だったから。

しかし、愛人たちは絶望し、カステロ伯爵を殺害。実際に、誰が手をかけたのかはわからない。

なぜならその場にいた全員が死亡していたからだ。現場を目撃したテレンスの兄は、悲鳴を上げながら屋敷を飛び出していったそうだ。その後の消息はいまだにわかっていない。

複数の愛人の存在がばれたうえ、その愛人に殺されてしまったテレンスの父親のせいで、カステロ伯爵家の評判は瞬く間に地に落ちた。

そのとばっちりが、ウェバー公爵家に仕えるテレンスにきたのだ。

そんな愚《おろ》かな男の子どもを、ウェバー公爵家に置いていてよいのかと。

『親の咎《とが》を、どうして子に押し付けるのですか？』

まだ十にみたないアラーナが、ウェバー公爵に意見しているところを目撃した。ウェバー公爵はそれに耳を傾けはしなかったが、当時はまだ、アラーナの祖父が健在だった。前当主の意見ともなれば、ウェバー公爵も話を聞かざるを得なかった。

後にウェバー公爵は、カステロ伯爵家と縁を切るなら解雇《かいこ》はしないという条件を提示してくれた。

テレンスは親戚に頼み込み、ラクール家の養子となりカステロの姓を捨てた。

『感謝なら、アラーナに』

こっそりと前当主に耳打ちされたテレンスは、すべてを悟った。

アラーナが、前当主を説得してくれたのだと。

「覚えているわ。あのときから、あなたがわたしに恩を感じていることも。でも、あくまでわたしはおじいさまに自分の意見を述べただけだし……わたしはそれを盾に、あなたに酷い命令を出してしまった。もう、恨まれこそすれ、感謝される立場ではないわ」

「……私はただ、あなたにっ」

「――ならさ、ここで暮らせば？」

ふいに、緊張感を吹き飛ばすような、あっけらかんとした声が割って入ってきた。

気付けば、先ほどサムが出て行ったはずの扉の近くに、数人の男たちが集まってきていた。

「若くて美人なお嬢さんなら、大大大歓迎」

「そーそー。いてっ」

隣にいた男の頭を、サムが軽く殴った。

「やめろって、お前ら。あいつ、その手の冗談通じねぇから。つかテレンス。剣を出そうとすんな」

テレンスが無言で剣の柄に触れるのを、サムは見逃さなかった。

「リーダー。オレ、面が良い奴、腹立つんだけど」

「オレも。やっちゃっていい？」

手下の男たちに、止めとけとサムが腕を組む。

「あいつの剣の腕は、いつもトップクラスだったんだぜ？　ま、学生の頃の話だけどな」

どことなく誇らしそうなのは、アラーナの気のせいだったのかもしれない。それでもなんだか、二人の絆のようなものを感じられたことに、胸がじんとした。

「ほれ、盗み聞きはしまいだ。朝飯にするぞ～」

サムが一人の腕を引っ張ると、他の男たちも渋々それに続いていった。

「……ああ、くそ。気配に気付かなかった」

いつもと違う口調のテレンスを、アラーナは不思議そうに見上げた。

「……それが素のあなた？」

テレンスは「あ、いえ」と、はっとした。

「すみません。あいつと話していると、つい……」

汚い言葉遣いでアラーナに軽蔑《けいべつ》されてしまったかと危惧《きぐ》したテレンスだったが。

「……そうなのね。サムさんが羨ましいわ」

アラーナが本気の声色で呟いたので、テレンスは目を丸くした。

「………ええと」

「そういえば。さっき、若くて美人なお嬢さんって言っていたけれど、あれってわたしのことであっているのかしら。美人なんて言われたことないから、やっぱり違う？」

「……え？」

テレンスは思わず、アラーナをじっと見た。

精神的に病んでいたこともあって、顔色は確かに悪い。ろくな睡眠時間がとれていなかった証のように、目の下にクマもある。けれど、大きな青い瞳に整った目鼻立ち、唇。

アラーナを美人と評して、否定する者の方が少ないだろう。

しかし。

（……そうか。アラーナお嬢様のまわりには、その少数派しかいなかったのか）

そうして少しずつ、少しずつ、アラーナは自信を削ぎ落とされていってしまったのだ。

「アラーナお嬢様は、とても美しいですよ」

真剣に、口にした。

アラーナは、キョトンとしてから、ありがとうと頬を緩めた。

「慰めてくれたのね。気を使わせてしまって、ごめんなさい。さっきのも、もしわたしへの言葉だとしても、お世辞だってわかっているから」


――まあ、こうなるだろうな。


簡単に信じてもらえないことは予想していたが、まさにその通りの反応に、テレンスは苦笑するしかなかった。

(いいんだ。別に、それはゆっくりで)

テレンスは近くにある椅子を寝台の近くまで持っていくと、そこに座りアラーナと目線を合わせた。

「ウェバー公爵から退職金をもらいました。通常より、多めに」

「……わたしのせいで、あなたは職まで失ってしまったのね」

「あの家族の本性を知ったうえで、あれらを護れと？　それこそ、酷な話です」

ふっと顔を上げたアラーナと、テレンスの視線が交差する。

その眼差しのあまりの優しさに、アラーナは瞠目した。

「死を望むあなたを助けたのは、私のエゴです。その責任ぐらい、とらせてください。それにしばらくは、使い道のなかった給金と、この退職金のおかげでお金には困りませんし」

吸い込まれそうな優しさから、アラーナは目を逸らす。

「……駄目。これ以上、足手まといにはなりたくないの」

「私はもう、王都にはいられません」

「……そうね、ごめんなさい」

「私に、一人になれと？」

その言葉を聞いて、アラーナは思わず息を呑んだ。テレンスにはもう家族はいない。両親は亡くなり、たった一人の兄はいまだ行方不明。

「……こ、恋人とか」

「将来を約束した婚約者はいましたが、あの事件のすぐあと、ばっさりと縁を切られました。父親のことをよくも隠していたなと怒鳴られ、慰謝料まで請求されましたよ」

さらっと語ってはいるが、当時は知らなかったと何度訴えても信じてもらえず、頑として耳を傾けてくれなかった婚約者の対応に涙した。

抱えきれない事実のうえに、愛する人の心ない態度は辛く、精神を病みかけた。

冷静に振り返られるようになった今となっては、婚約者の気持ちも理解はできる。誰だって、面倒ごとに巻き込まれるのは嫌に決まっている。

それが一族を巻き込む重要なことなら、なおさら。

それでも、好きだと、愛していると。一生を添い遂げると約束していたのは、なんだったのか。

身勝手と罵《ののし》られようが、裏切られたという気持ちは、ずっと心の奥に燻ぶったままそこにある。


——だからこそ。


「だからこそ。アラーナお嬢様が私を庇ってくれたことが、本当に嬉しかった。どれほど救われたかしれない」

届くか。

テレンスが見守る中、アラーナは「……わたし」と、ぽつりともらした。

「わたし、あなたの役に立てていたの……？」

アラーナの双眸《そうぼう》に、僅かな光が戻る。

「心を、救われました」

ゆっくり、想いを込めて告げる。

アラーナが静かに泣きはじめる。哀しくはない、嬉しいから流す涙。

それは、はじめての経験だったかもしれない。

「……一人にしないでください」

滲む視界で、静かに呟いたテレンスを見詰める。

アラーナのためではあっても、それも、本心かもしれないと思えた。

「……公爵令嬢の、アラーナ・ウェバーは死んだわ。家族もいなくなった。テレンスも、一緒？」

「はい。天涯孤独《てんがいこどく》の身です」

「養子に迎えてくれた人たちは？」

「あくまで、姓を与えるだけとの条件でしたので。お金を出して、必死に懇願したうえでの関係です。うっかり顔なんて出したら、きっと激怒されてしまう」

「……そうだったの。わたし、あなたのこと本当に何も知らないのね」

「お互い様です。それに、これから知っていけばいいんです」

テレンスは部屋の窓に視線を移し「良い天気ですね」と、椅子から立ち上がった。

「これから春になる。旅には、うってつけの季節です」

割れたガラスから入ってくる、心地の良い風がテレンスとアラーナの頬を撫でた。

「ねえ、アラーナお嬢様。屋敷の外の世界。見てみたくはありませんか？」

テレンスが、希望を見せる。

アラーナは生まれてから一度も、王都の外に出たことがなかった。

外の世界。小説を通して、想像するしかなかったもの。

「行きましょう、一緒に」

テレンスの導きに、アラーナがごくりと喉を鳴らす。

——例えば。

例えばテレンスに大切な人ができるまで。

それまでなら、一緒にいることが許されるのではないか。

自分に言い聞かせ、アラーナは迷いながらも口を開いた。

「……それじゃあ。わたしのこと、アラーナって呼んでくれる？」

「え？」

なぜ。テレンスが戸惑う。

「……だって。もうわたしたち、主と使用人の関係じゃないもの」

「そうかもしれませんが……」

「丁寧な口調も、止めてほしい。わたしたちにはもう、身分の差なんてないもの。サムさんと同じように話してほしい……駄目かしら」

「……えと」

アラーナの瞳が、訴えかけるように潤む。

テレンスはうっとなりながら「……善処します」と答えるに留めた。

◆

午前八時前。

予め用意されてあった平民の服に着替えたアラーナは、テレンスとサムと一緒に建物の外に出た。朝の光を差す空が、やけに澄んで見えた。

「サムさん。お世話になりました」

丁寧に腰を折るアラーナに、サムは「オレらも、いろいろ乗り越えた先で、ここにいる」と、少しだけ優しい目をした。

「どん底から這い上がってきた。んで、今、オレは笑えている。お嬢様の将来を保証なんてしてやらねえけど、希望はゼロじゃねえ。笑える未来はある、かもしれない」

歯を見せ、サムがにかっと笑う。つられてアラーナも、口角を上げた。

「わたしも、サムさんみたいに強くなりたいです」

「別に強くねーよ。弱くもねーけど。つか、誰かと比べるから強いだの弱いだの考えちまうんじゃねーの？」

「……なるほど。確かに、そうかもしれませんね」

学ぶように顎に手を当てるアラーナに、このお嬢様はちゃんと人の話を聞ける人なんだなあと、サムはあらためて感心した。

(あんな奴らに囲まれて、よくまともに育ったものだ)

反面教師というやつだろうか。ぴーぴー泣き喚くだけのお嬢様なら、テレンスもさぞや苦労するだろうと思っていたが、これなら、互いに支え合っていけるだろう。

態度には出さず、サムが密かに安堵《あんど》する。

「じゃあな、元気でやれよ」

ひらっ。

軽く手をふると、テレンスは頬を緩めた。

「ああ、本当に助かった。感謝しているよ。お前がいてくれて良かった」

今生の別れかもしれない。寂しくはあったが、それでかまわないとも思った。

もう一度交われたのが、きっと奇跡。

それでも二人は「またな」と笑い合い、別れた。

◆

ガタゴト。ガタゴト。

王都を出て、王の道、または街道と呼ばれる舗装された道を、幌馬車《ほろばしゃ》で走る。その御者台《ぎょしゃだい》に、テレンスとアラーナは並んで座っていた。

「何もしなくていいなんて、はじめてかも……」

ぼんやり空を眺めるだけの時間が、不思議で仕方がない。いつもなにかに追われていたのに、急にそれがなくなったのだ。

「これから、どこに行くの？」

天を仰ぎながらアラーナが問う。

テレンスが、そうですねえ、とのんびりした口調で返す。

「どこか行きたい場所や、してみたいことはありますか？」

何気ない質問だったが、何もかもが予め決められていた人生だったアラーナにとって、それはとても新鮮なものだった。

「場所は特にないけど……してみたいこと、は」

真っ先に思い浮かんだのは、小説のような恋愛をしてみたい、という願いだったものの。

『お前はいつ見ても辛気臭いな』

いつかエイベルに吐き捨てられた台詞に、わたしじゃ無理かと胸中で呟いた。

「してみたいことは？」

「あ、の。してみたいことというか……テレンスに頼らなくても生きていけるようになりたい、かな」

テレンスが「まだ王都を出立《しゅったつ》して、一時間も経っていませんよ？　自立には、いくらなんでも早すぎます」と苦笑する。

「頼ってください。その方が、私は喜びます」

アラーナが「喜びますか……？」と、じっとテレンスを注視する。

前を見ていたテレンスがアラーナの方を向き、はい、と笑う。

例えばそれが嘘で。責任感からきたものだとしても、アラーナは嬉しかった。こんなことを言われたのは、はじめてだったから。

「……では。少しのあいだ、お願いします」

はじめての自由に、高揚《こうよう》していたのもあったのだろう。

迷いつつ、アラーナはぺこりとお辞儀をしてみた。

社交辞令を鵜《う》呑《の》みにするなんて呆れられるかなと少し怖かったが、素直に受け入れてくれたことが予想外に嬉しかったのか、テレンスの頬がほころぶ。

「いくらでもどうぞ。まあしばらくは、美味しいものを食べて、見たことのない景色を見て回る旅をしましょう」

「夢のような話ね」

「現実ですよ。むしろ今までは、悪夢の中にいたんです」

「悪夢……」

(……そうよね。テレンスがいなければ、わたしの遺体は深い谷底に捨てられていたんだわ)

確かに。家族にゴミのような扱いをされたことは、悪夢に近いことだったかもしれない。

聖人ではないのだ。

家族とエイベルに対して、恨みもある。不幸になれと願ってしまいそうになる。

(でもあの人たちは、思い通りの幸せな人生を送っていくんだろうなあ……)

憎い。憎い。

少しぐらい哀しんでよ。困ってよ。

そう思うけど、もう二度とかかわり合いになりたくないし、顔も見たくないので、その後のあの人たちの人生は、考えないことにした。
吹っ切れるには、まだ多くの時間が必要だろうけど。
あの人たちと完全に縁が切れたことを、今は喜ぼう。
アラーナ・ウェバーは死んだ。
これからは、ただのアラーナとして、生きていく。
願いはできるだけ長く、テレンスと一緒にいること。

——もう、それだけを祈ることにした。

第二章

午前九時。

つまり、王都の城門が開いてから一時間後に、ウェバー公爵は、屋敷中の使用人を玄関ホールに集めていた。

「朝、気付くとアラーナがいなくなっていた。だが、屋敷の警備は万全だ。おそらくは、アラーナが本人の意志でここを出て行ったものと思われる。けれど、アラーナが屋敷を抜け出す心当たりはない。きっと、何処ぞの誰かに何かを吹き込まれ、唆《そそのか》されたに違いない」

使用人たちがざわついたが、ウェバー公爵はそれを視線だけで黙らせた。

「いいか。王都の城門はすでに開かれている時刻ではあるが、アラーナがまだ、王都にいる可能性もある。最低限の者を残して、後はアラーナの捜索にあたれ！」

深夜の出来事を見聞きしていた使用人たちによって、ほとんどの使用人たちが事の真相を把握していた。そんな中、こんな命令を下された使用人たちは、ひどく困惑していた。

これがただのパフォーマンスなのは理解していた。

だが、だからこそ。心中はとても複雑だった。

そんな使用人たちに念を押すように、ウェバー公爵は圧をかけた。

「――いいか。たった今、私が話したことが真実だ。この意味、わかるな？」

他言無用。

これを破れば、どうなるか。ウェバー公爵は暗にそう言っていた。

「わかったなら、行け！」

使用人たちは戸惑いながらも、はい、と頭を垂れると、各々捜索の準備のために散っていった。

「……お父様。休日である今日、お姉様は王宮に、王妃教育に行く予定のはず」

アヴリルが、ウェバー公爵夫人と一緒に階段をおりてきながら、そう発言した。

ウェバー公爵は、くそっと頭を掻きむしった。

「……そうだったな。王宮にも説明に行かなければ」

「あの。エイベル様には、真実を話してもよいのではないですか？」

ウェバー公爵は「馬鹿を言うな！」と、目をむいた。

「万が一にでもこのことが露見《ろけん》してみろ。我が公爵家は、世間から白い目で見られるうえ、居場所をなくすだろう……いや、娘の遺体を捨てたんだ……もしかしたら」

ぶつぶつと、顔面蒼白でウェバー公爵が呟く。あなた、とウェバー公爵夫人が、同じく青い顔をしながら声をかけた。

「……ともかく、王宮に行く支度を」

「あ、ああ……そうだな」

自室に向かおうとするウェバー公爵に、アヴリルは不安そうに訊ねてきた。

「ねえ。お姉様の代わり、きっとすぐに見つかりますよね？」

「……代わり？」

「ええ。だって、あたしの幸せのためには必要でしょう？」

「………？」

ただでさえ混乱しているウェバー公爵の頭が、さらに混乱する。

「もう、お父様。しっかりしてください！」

「……あ、ああ。王妃、か」

「そうですよ。あたしの代わりに、王妃となってくれる方を探さなくては」

ウェバー公爵は違和感を覚え、首を捻《ひね》った。

「……お前がなればいいだろう。身分も、申し分ないのだから」

「どうしてしまったのですか、お父様。このあたしに、あんな大変なことをさせるおつもりですか？」

「どうしても何も……お前」

エイベル殿下を愛しているのなら、お前はどうして自ら王妃になろうとしない。努力しようとしないのだ。喉まで出かかった言葉を、すんでのところで呑み込んだ。

「……お父様？」

「い、や……なんでも、ない」

面倒なことは、全て姉であるアラーナに押しつけてきたアヴリル。

それをよしとしてきたのは、自分たちなのに。

どうして今さら、そんな考えが浮かんだのか。

（……いつから）

アラーナは長女だから厳しく接した。努力家だったたし、不満もなに一つ言わない子だったから。

対し、アヴリルは努力が苦手で。すぐに飽きる集中力のない子だった。

小さな頃は、今より身体が弱くて。

だから――

ぐるぐる悩むウェバー公爵をよそに、アヴリルが心配そうにぼやく。

「王妃の座につきたい令嬢は、きっとたくさんいるはずですけど……あたしと似た令嬢を見つけるのは、そう簡単ではないでしょうし」

「……あなたは何を言っているの？」

眉をひそめたのは、ウェバー公爵夫人だった。

「お父様たちには、まだ伝えていませんでしたっけ。エイベル様はあたしだけを愛しているから、あたしとしか子作りするつもりはないそうです。お姉様は姉妹でしたから、多少なりとも似ていたでしょう？　まあ、お姉様はあたしと違っていつも陰気でしたけど……だから、エイベル様の子をあたしが産んで、世間的にはお姉様の子としようと」

ウェバー公爵が「ば、馬鹿者！　そんなこと、許されるはずがないだろう！」と怒声を放つと、アヴリルは目を白黒させた。

「どうしてですか？　お父様とお母様は、あたしとエイベル様が愛し合っていること、喜んで認めてくれたではないですか」

「あ、愛し合うことと、子を作ることは別だ！」

「……？　あたしとエイベル様が関係を持っていること、お父様たちはご存知でしたよね？」

「……そ、れは」

知っていた。確かに。

最初は驚いたが、窘めることはしなかった。

『あたし、エイベル様のことが好きなんです。思い切って告白したら、エイベル様もあたしのこと前から気になっていたって打ち明けてくれて』

はじまりは、アヴリルのこんな打ち明け話からだった。


——どうしてこうなった？


「……世間一般に、浮気や不貞行為《ふていこうい》は、許されていない」

もれ出た台詞に、アヴリルが「でも、お父様たちは許してくれたではないですか」と返した。

その通りだ。

その通りなのに、どうして許していたんだろうと、今さらながら不思議に感じた。

（……アヴリルが可愛くて、愛しくて……大事な娘だから）

どくん。

心臓が一度、大きく跳ねた。

「……子どものこと、アラーナに伝えたのですか」

ウェバー公爵夫人が血の気の引いた顔で問うと、アヴリルは「一昨日に、エイベル様自らおっしゃっていました」と、なんら悪びれることなく返答した。

一昨日。

アラーナが、エイベルとアヴリルとの不貞行為《ふていこうい》を目撃した日。

まだ知らなかったのかと呆れる両親に対して、アラーナは平然としていたから。

何も気にとめなかった。

外部に、アラーナの自害が露見《ろけん》するのが怖ろしくて。責められるのが怖くて、現実逃避して、パニック状態のまま、すべてをアラーナの弱さのせいにした。

（……あてつけだというアヴリルの言葉に乗り、そう思い込もうとした。しかし……自害するほど、アヴリルとエイベル殿下のことであの子が深く傷付いていたのだとしたら……）

ウェバー公爵は、荒く呼吸しながら、無理やり思考を止めた。

（……いや。今は考えるな。まず何より、陛下たちに不信感を持たれないよう、神経を研ぎ澄ませなければならないのだから）

動機が激しくなる。立ち眩みまでしてきた。

でも、行かなければならない。

無意識に強く握りしめたウェバー公爵の拳から、ぽたりと一滴、血が落ちた。

◇

――アラーナのことについて。陛下に、急ぎ伝えたいことがある。

王宮に到着したウェバー公爵は、王宮仕えの者にそう伝えると、通された応接室の椅子に腰掛けた。心臓はもう、爆発しそうなほどに荒く鼓動を打っていた。

時間が経てば経つほど、アラーナが自害した後の自身の行動が信じられなくなっていた。

考えないようにしても、一つ一つ、なぞるように脳裏に描いてしまう。

ガチャ。

応接室の扉が開く音に、ウェバー公爵は飛び上がりそうになりながら、腰を上げた。

開かれた扉から、ミラルバ王国の国王とエイベル、そして、王妃が入ってきた。

ウェバー公爵は泳ぐ視線を誤魔化すように深く腰を折った。

「これは、陛下だけでなく、妃殿下やエイベル殿下まで……お時間をとらせてしまい、申し訳ありません」

声が震える。国王は「よい、座れ」と手を上げ、ウェバー公爵の正面の椅子に腰を落とした。その右隣に王妃が座り、エイベルは左隣に座った。

「エイベルの大事な婚約者の話となれば、当然ですわ」

王妃の台詞に、ウェバー公爵は、動揺を悟られまいとするように目を伏せ「ありがとうございます」と元の位置に座った。

さて。国王が膝の上に手を置いた。

「アラーナ嬢のことについて、急ぎ伝えたいことがあるのだとか」

ウェバー公爵は「……はい」と、ごくりと生唾を呑んだ。

アラーナが、自害した。

原因はおそらく、アヴリルとエイベル。

最期に残した言葉を、破り捨てた。

娘の遺体を、谷に捨ててこいと命じた。

事実を頭の中で並べながら、口火を切った。

「……朝、気付けばアラーナの姿が何処にも見当たらなくなっていました。屋敷中を探したのですが、見つからず……」

国王が「――どういうことだ?」と、眉をひそめる。

「わからないのです。ですが、何者かが侵入した形跡はなく、アラーナが自分で屋敷を出て行ったとしか思えないのですが……その理由も心当たりなどなく」

エイベルがぼそっと、逃げたのではないかと口を挟んできた。

「逃げた？　何からです？」

王妃が問うと、エイベルは「むろん、王妃教育からですよ」と腕を組んだ。

「昨日、王妃の教育係から報告を受けました。アラーナが全く集中できていなかったとね」

王妃は「……それは、初耳ですね」と、ぴくりと片眉を動かした。

「大事にはしたくないから、母上たちには報告せず、こっそりとぼくに報告しにきたと言っていました。何かあったのですか、と」

「……あなたはなんと返答を？」

「全く覚えがない、と答えました。本当のことですから」

肩を竦《すく》めるエイベルに、王妃が厳しい視線を向ける。

しかし、エイベルは気付かない。

「――それで？」

国王が続きを促す。ウェバー公爵は、ゆっくりと首を左右にふった。

「……現在、屋敷の使用人たちを総動員して探していますが、今のところ、何も手がかりがなく……」

ウェバー公爵の、全身から吹き出る冷や汗が止まらない。すらすらと出てくる自身の台詞に、かえって動揺する。

エイベルが「人騒がせな奴め」と舌打ちする。

瞬間、王妃の瞳に怒りが宿った。

「――なんですか、その態度は」

母親の怒りに気付いたエイベルが「あ、いえ」と、焦り言い訳をはじめた。

「だ、だって、ですね。王妃教育が嫌だからって逃げ出すなんて、無責任にもほどがあるじゃないですか」

「まだそうと決まったわけではないでしょう？　何かの事件に巻き込まれた可能性だってあるのですから。それに、あなたが思うほど、王妃教育は簡単なものではありません」

「それは、そうかもしれませんが……」

「婚約者が行方不明と聞いた第一声が、逃げたのではないか、とは……なんて薄情な子でしょう。失望しましたよ」

「……っ。ぜ、前日にそんな報告を受けていれば、そう思ったって、仕方ないでしょう⁉」

「報告を受けたそのときに、アラーナに訊ねることもできたはずです。何かあったのかと。そもそも、あの子は今まで一生懸命に勉学に打ち込んできました。教育係が大事にしたくないからと、わざわざあなただけに報告――いえ。相談したのも、それを理解していたからではないですか」

「な、そうならそうと……っ」

ぎろっ。

王妃は、刺すような視線でエイベルを睨み付けた。

「あなたが本心ではアラーナ嬢を大切に想っていなかったことが、今回のことでよくわかりました」

「ご、誤解です、母上！」

「何が誤解なものですか」

王妃が吐き捨てると、国王が、まあ待てと、間に入った。

「エイベルよ。アラーナ嬢が王妃教育に集中できていなかったことと、行方不明となった理由に、心当たりはないのだな？」

「むろんです、父上！」

「信じよう」

「陛下！」

声を張り上げる王妃に、国王は手を上げ黙らせた。

「――ただし、これらが虚言《きょげん》だった場合、お前には相応の罰を受けてもらう」

「へ……？」

「当然だろう。息子と言えど、国王である私に虚言《きょげん》を吐くことは許されないからな」

「……罰、とは」

「お前の言葉が全て真実なら、知る必要はないはずだが？」

見透かすような双眸《そうぼう》を向けられたエイベルは、そっと目線を遠くに逃がした。

「……その通りですね。ぼくは嘘をついていないので、気にする必要はないですよね」

「ああ――ところで、ウェバー公爵」

突然話を向けられたウェバー公爵は「……は、はいっ」と声が裏返った。

「私の臣下も、アラーナ嬢の捜索にあたらせる。指示はきみに任せる」

「……あ、ありがとう、ございます」

ウェバー公爵の声は、あきらかに震えていた。

『――ただし、これらが虚言《きょげん》だった場合、お前にはそれ相応の罰を受けてもらう』

国王の台詞が、まるで自分に向けられたもののように感じたからだ。

「……ウェバー公爵、顔が真っ青ですわ」

王妃が心配から声をかける。

けれどウェバー公爵は、問い詰められているような錯覚に陥った。

「……あ、あの」

「娘が行方不明なのだ。当然だろう」

国王の言葉に「ええ、そうですわね」と王妃が頷く。ウェバー公爵の動揺が、すべて娘への心配からくるものと解釈されていく。

国王と王妃は、まともな人間だった。道徳に外れることをよしとしないうえに、ウェバー公爵に意見できる、数少ない王族だ。

もし嘘が暴かれたら、どうなるだろう。

エイベルとアヴリルとの関係を知っていながら、容認して。娘を自害に追い込んだかもしれないのに、それらを隠していたことが知られたら。

それからしばらくの間、ウェバー公爵は生きた心地がしなかった。

またウェバー公爵ほどではないにしても、エイベルもまた動揺を隠せずにいた。

◆

「ぼくも、アラーナを探してきます」

この場にいたくなくて、エイベルは国王たちの意見も聞かずに立ち上がった。応接室を出ると、扉付近で待機していたトマスが、つかつかと早足で歩くエイベルに駆け寄り、後に続いた。

強張った表情のエイベルに、トマスは何かあったのですかと怪訝《けげん》そうに問いかけた。

「――アラーナが突然、姿を消したそうだ」

苦々しく吐いたエイベルに、トマスは目を見開いた。

「現在も行方不明。だからぼくたちも、捜索に出る。いいな」

「……どうして」

「それはぼくが聞きたい」

トマスの身体が、声が、震えをもつ。

「……やはり、アヴリル様とのことがショックだったのでは」

エイベルは足を止め、トマスの胸ぐらを掴んだ。

「――これから先、その名を口にすることは許さん。これを破れば、貴様だけでなく一族もろとも皆殺しにしてやる。覚えておけ」

鬼気迫った、血走った目に、トマスはぞっとした。臆したわけではない。あまりに自分勝手過ぎるエイベルに、いっそ恐怖を覚えたからだ。

一族もろとも皆殺し。保身のためなら、やりかねない。

そう感じたトマスは沈黙した。それを肯定と受け取り、エイベルはトマスから手を離し、ふたたび歩きはじめた。

（……アラーナ様）

どうかご無事で。そう願いつつ、もし信頼できる誰かと何処かに逃げたのなら、その方がいい。戻ってこない方が、きっと幸せになれるとも思った。

（……そんなに好きなら、アヴリル様と婚約すればいいだろっ）

エイベルとアヴリルの関係を知りながら、アラーナには何も教えなかった。教えられなかった。それがトマスには、ずっと苦しかった。

その上、アヴリルとの子をアラーナの子とする計画を立てていたなんて、想像もしなかった。

あのときのアラーナがした絶望の顔は、今も脳裏に焼き付いたまま。

（なんとも思わないのか、この人は……）

アラーナが姿を消した理由を『それはぼくが聞きたい』などとぬかしていたが、本心だろうか。

どちらにせよ、国王の器《うつわ》ではないのは確かだ。

「………」

エイベルの背中を無言で見据えるトマスの双眸《そうぼう》には、あきらかな嫌悪《けんお》が交じっていた。

◆

アラーナが自分の意志で姿を消したのなら、大事にすればするほど、アラーナの立場がなくなる。帰って来づらくなる。だから捜索は、あくまで内密に。

ウェバー公爵の指示で、少人数での捜索となった。

さらに。まずは王都内を、もし見つからなければ、後日、範囲を王都外に広げると付け加えて。

その指示の真の意味を、ウェバー公爵家の使用人たちは痛いほど理解していたが、むろん、誰もが口を閉ざした。

アラーナの捜索は日が落ちるまで続けられたが、見つかるはずもなく。

その日の捜索は、打ち切られた。

◆

——同時刻。

太陽が傾き、空が薄闇に染まりはじめたころ。

アラーナとテレンスは、街道付近にある宿屋に到着していた。

主に貴族が宿泊する高級宿は、個室で鍵もかけられるので便利だが、もはや平民であるテレンスとアラーナがそんなところに泊まるわけにはいかない。金銭的に、という意味もあるが、万が一にも怪しまれないため、テレンスは一般宿を選んだ。

馬を繋いでおける厩舎《きゅうしゃ》も食堂もあるので、設備は整っている。

ただ、問題がないわけではない。

「部屋は空いているか？」

テレンスが宿屋の主人にたずねると、男主人は、空いてるよと言いながら、テレンスの後ろにいるアラーナに目を向けた。

「新婚旅行かい？」

テレンスはなんともいえない顔で「……まあ」とだけ答えた。

「部屋に寝台は一つだが、二人用だから広いよ。楽しみな」

これだ。一般宿では、寝台は共用なのが普通なのだ。もっと安い宿では、広間一つに全員が雑魚寝したりするので、比べれば全然良い方ではある、のだが。

（……余計なことは言わないでほしい）

心の中で突っ込んでいると、楽しみなという言葉をそのままの意味で受け取ったらしいアラーナが「ありがとうございます、おじさま」と、頭を下げた。

ははは。

宿屋の主人は、目を丸くしてから豪快に笑った。

「おじさまかあ。随分と品のあるお嬢さんだなあ」

テレンスは思わず、はあ、とため息をついた。

服装は、平民のものに着替えてある。けれど何気ない所作など、漂う気品は隠しきれていない。加えて。

ちっとも自覚はないようだが、アラーナの容姿は誰が見ても整っていて、美人だ。

要するに、人の目を惹《ひ》く。

この宿に泊まるのは、それなりの金を持つ人たちなので、民度はそこまで低くない。それでも、受け付けが食堂のある一階にあるため、食事をする人の視線が集まっているのがわかる。

「……部屋に行きましょう」

鍵を受け取り、二階にある部屋へと向かう。

自然と手を引くかたちとなり、この先どう守るべきかと悩むテレンスは、後ろでアラーナが嬉しそうにしていることに、これっぽっちも気付いていなかった。

部屋にあるのは寝台のみ。机も椅子も、何もない。埃っぽく、すべてが安物だ。床もきしみ、体重を乗せればみしっと音がする。

これまでアラーナが暮らしていた屋敷とは、天と地ほどの差がある。普通の令嬢なら戸惑って当然。文句の一つや二つ、出てくるのが普通だろう。

それなのに。見るもの、触れるもの全てが珍しいのか、アラーナはずっと、きょろきょろ、そわそわしている。それがいつまで続くのか、テレンスはふいに心配になった。

「アラーナおじょ……いえ、アラーナさん。これからの生活はずっとこんな感じで……どころか最悪、寝床も食事も確保できないときがあること、覚悟しておいていただけると助かるのですが」

「え、うん。わかったわ。それより、そんなに気に使わないで。足手まといだから、対等というのはおこがましいけど、それでもわたしとも、サムさんのように接してほしいの」

「サム、ですか……」

なんとなく、アラーナがサムの名を出したことに、テレンスはモヤッとした。

(随分と信用されたものだな、あいつ)

ごほん。

誤魔化すように、テレンスは一つ、咳払いをした。

「ずっと移動で疲れたでしょう。食事をすませたら、今日は早めに寝るとしましょうか」

話を逸らされたのはアラーナも理解していたが、別のことが気になったので、それに乗ることにした。

「……一緒の寝台で寝る、のよね？」

確認するように問うと、テレンスは「寝ませんよ？」と言い切った。

「私は床で寝ますので」

「ど、どうして？」

「どうしても何も」

私はそこまで男として意識されていないのか。テレンスは少し、哀しくなった。

「……わたしと寝るの、そんなに嫌？」

違った。

そうだ、この人はこういう人だった。そうしたのは、あいつらだ。

（……あの家族が、エイベルが。アラーナお嬢様から、根こそぎ自信を奪っていったんだ）

結果、こんなに危うく育ってしまった。どう伝えればいいのかと慎重に言葉を選ぶ。

「そういう問題ではないんです。私とあなたは恋人でもなんでもなくて、だから」

しゅん。

アラーナがわかりやすく落ち込んだので、テレンスは焦った。

「いや、あのですね。年頃の男女が同じ部屋で眠るのも問題なのに、同じ寝台で眠るのなんて、駄目に決まっているでしょう？」

何が駄目なの。

アラーナが目で訴えかけてきて、テレンスは言葉に詰まる。

「……わたし、テレンスと一緒に寝てみたい」

「………………は？」

驚愕するテレンスに、アラーナはかあっと顔を赤くした。

テレンスが何も返せずにいると、アラーナは焦って言葉を重ねた。

「……わがまま言って、ごめんなさい。一緒に寝るのは諦めるから、寝台はテレンスが使って？

床にはわたしが寝るから。だって、ここに泊まれるのは、テレンスがお金を払ってくれているおかげだもの」

俯きながら哀しそうに笑うアラーナに、テレンスは少し迷ったものの、覚悟を決めた。

「……わかりました。一緒に寝ましょう」

アラーナは、ぱっと顔を上げた。

「い、いいの？」

「……あなたがいいならいいです。それに、本気で床で寝そうですし……そのかわり、きちんと自覚してくださいね。ご自分が、年頃の娘だということを」

「……？　わかって、るけど」

「いや、わかってないでしょう。信用してもらえているのは嬉しいですが、私も男なんですよ？」

真剣に訴えてみるが、アラーナは「知ってる……」と、困惑気味だ。

絶対に何も伝わっていない。

(少しずつ教えていくしかないか……)

とりあえずはそう結論づけ、テレンスは一階の食堂にアラーナと向かった。

◇

公爵令嬢。しかも、第一王子の婚約者に、気軽に声をかけられる者など、そうはいない。

でもここでは、アラーナはただの一市民だ。

「嬢ちゃん、えらい美人やのぉ」

食堂の隅の席につくなり、中年の男性がアラーナに近付き声をかけてきた。すかさずテレンスが中年男性の手首を握り、後ろに捻《ひね》る。

「ちょ、いたたたっっ」

「彼女は私の連れなので、ちょっかいかけるの、止めてくれます？」

「心が狭くねぇか、旦那ぁ」

「なんとでも」

ちぇっ。文句を垂れながら中年男性が去って行く。他にもこちらに注目している客たちはいたが、ひとまず寄ってくる気配はなかったので、テレンスはアラーナの向かい合わせの席に座った。

ふと。

テレンスは、じっと見てくるアラーナの視線に気付いた。

「どうかしました？」

「あの。わたしたち、夫婦に見えるのかしら」

「あー……宿屋の主人の、新婚旅行かという質問を否定しませんでしたから。そのせいもあるかと」

「……そう、ね」

「気になるなら、誤解を解いておきましょうか」

「そうじゃなくて……夫婦を装うにしては、わたしたち、距離がありすぎじゃないかなって」

テレンスは「……なるほど」と答えながら、アラーナが何を言いたいのか察した。要するに『サムさんのように接してほしい』のだろう。

「――アラーナ……さん」

いきなりの呼び捨てに、アラーナの胸が跳ねた。

でもすぐにテレンスが、さんをつけたので、がっかりした。

「……いきなりは無理です。少しずつで、許してください」

「わかった……」

傍から見れば、イチャついているただの恋人にしか見えないのだが、本人たちはまるで自覚がなかった。

◆

部屋に戻り寝る支度を済ませたあと、寝台の上で軽く、明日の経路を地図で確認した。

「途中で話した通り、とりあえずは、王都から一番近い都市に向かいます」

「サムさんたちが用意してくれた水も食料も、限りがあるものね」

「ですね――さて。蝋燭《ろうそく》がもったいないので、もう寝ましょうか」

はい。

素直に頷き、アラーナが毛布に潜る。テレンスも蝋燭《ろうそく》の灯りに息を吹きかけて消すと、「おやすみなさいませ」と告げて隣に横になった。

「おやすみなさい」

月明かりの中。アラーナはテレンスの方をちらっと見たが、テレンスは背を向けていた。

少し残念に思いながら、瞼を閉じる。いろいろありすぎて、まだ興奮が冷めていないのか。身体は疲れているのに、眠れる気配が一向に訪れない。

目を開け、テレンスの方に身体を向けてみた。

まだテレンスは、背を向けたままだった。

(……いつか別れのときがくるならと、思い切って一緒に寝てみたいなんてわがままを言ってみたけど)

エイベルという婚約者はいたが、実際のところ、公の場以外では手さえ繋がれたことがなかった。そのうえ、物心つくころにはもう親は妹ばかりに目がいって、ろくに構ってくれなくなっていた。

そんなアラーナは、テレンスに手を繋がれてみてはじめて、人肌がとても温かいこと、心地いいことを知った。もっと触れてみたい。そんな欲が出てしまった。

(……もう寝たかな)

そそっと近付き、テレンスの背中におでこを付けてみる。

肌寒い身体に、じんわりと温もりが染みる。

「……あの、アラーナさん」

小声で話しかけられたが、完全に眠っているものと油断していたアラーナは、飛び上がり上半身を起こした。

「ご、ごめんなさい。て、てっきり寝たものとばかりっ」

「いえ、まあ……眠れないんですか？」

「ちょっと、頭が冴えてしまっていて」

テレンスはごろんと寝転がり、アラーナの方に身体を向けた。僅かな月明かりしかないので、テレンスがどんな顔をしているのか、なんとなくしかわからない。

「……やっぱり、わたしじゃ不快だった？」

「はい？」

「……アヴリルなら、喜んだ？」

予想の斜め上の返しだったのだろうか、テレンスは数秒間、黙り込んでしまった。

「アヴリルなら力尽くで引き剥がしていましたよ」

ありえないと、ずばっと切って捨てたつもりのテレンス。けれどアラーナは、残念そうに「……そう」と項垂れ、もそもそと毛布に潜った。

（……アヴリルのことは、そんなに簡単に呼び捨てにするんだ）

疑問符を浮かべるテレンスを置き去りに、胸中でアラーナはそんなことを呟いていた。

テレンスが特別な意味を持ってアヴリルの名を呼んだのではないことは理解していたが、どうにもモヤモヤした。

（……わたし、わがままだなあ）

「邪魔してごめんね。今度こそ、おやすみなさい」

毛布を被ったままアラーナが挨拶すると、テレンスは「……はい」と、また背を向けてしまった。

しばらくして。

規則正しい寝息が聞こえてきたので、アラーナは小声で、テレンスの名前を呼んでみた。

無反応だったことから、今度こそ寝ていると確信し、近付こうとしたところで、テレンスが寝返りを打った。

仰向けに眠るテレンスの腕に視線を送る。

そろっと触れてみてから、その腕に自分の腕を絡ませ、ぎゅっと抱えた。

じんわりと伝わってくる温もりと匂いに、ほっと息をつく。

(あったかい……落ち着く)

人の体温をこんなに近くで感じたのは、いつ以来だろう。

言い様もない幸福感に包まれて、アラーナはゆっくりと瞼を閉じた。

◆

翌朝。

日の光で目を覚ましたテレンスは、右腕を動かそうとしてはじめて、アラーナが腕を絡ませ、引っ付いたまま眠っていることに気付いた。

「…………」

アラーナはまだ深く寝ているようで、目を覚ます気配はない。

（……寝ぼけて、だよな）

深く考えるのは止めて、アラーナを起こさないよう、腕をそろっと引っこ抜く。

すーすー。

起きない。本当にぐっすりだ。

（やはり、よほど疲れていたようだな——っと、そうだ）

テレンスは寝台からおりると、アラーナを起こさないように静かに部屋を出て行った。

数分後。

水の入った桶《おけ》を持ち部屋に入ろうとしたところで、扉が勢いよく開いた。びくっとしたテレンスだったが。

「……アラーナお嬢様？」

部屋から飛び出してきたアラーナは、何故か真っ青な顔をしていた。テレンスが慌てる。

「何かあったのですか？」

「……お、起きたら、テレンスがいなかったから……置いていかれたのかと思って……」

テレンスはほっとしたと同時に、驚いた。

「そんなこと、ありえませんよ。顔を洗う水を貰ってきただけです」

「……そう、なの」

気まずそうに目を伏せるアラーナ。そこでようやく、テレンスは気付いた。

アラーナは王都を出立《しゅったつ》してから、一度も不安を口にしていない。けれど、そんなはずはないのだ。はじめての世界は、希望もあるかもしれないが、同時に、同じぐらい不安でたまらなくて、そのうえ頼れるのは――

（私だけ……）

テレンスは桶《おけ》を持つ手にぎゅっと力を込めた。

「アラーナお嬢様。これだけは信じてください。少なくとも、あなたに何も告げないまま、私が姿を消すことは絶対にありません」

「ち、ちがっ……信じていないわけじゃなくて」

「はい。不安にさせて、申し訳ありません」

アラーナは、ぐっと唇を噛んだ。

「ごめんなさい。テレンスには、自由に生きてほしいのに……わたしはその邪魔をしたくないのに。あなたがいないと生きていけないのが……情けない」

「言ったでしょう？　死を望むあなたを生かしたのは、私のエゴです。だから、邪魔だなんて言わないでください。それに――」

「……それに？」

「あなたが頼れるのが、私だけというのは、なんだか悪くない気分ですので」

小さく微笑むテレンス。アラーナは、僅かに目を見張った。

「ほ、本当に……？」

「本当です」

——それは、わたしを安心させるための嘘？

旅に出た直後の浮かれた気持ちは、テレンスに置いていかれたと誤解した瞬間に吹き飛んでしまった。

同時にアラーナの思考が、ネガティブなものに戻る。

（……別れは、いつやってくるかわからないから）

テレンスに早くアラーナと呼んでもらいたいのも、気さくに話してもらいたいのも、全て、いつくるかわからない別れが怖かったから。

だってそれは、今日かもしれない。信用してないわけじゃない。単に、自分に自信がないだけだ。

傍にいてもらう価値が、自分にあるとは思えないから。

——ならば、いっそ。

「……真に受けるから。頼るから」

嫌われるのが怖いけど、わがままを通すことにした。でもテレンスが、喜んでと笑うから。

嬉しさを通り越して、泣きそうになってしまった。

◆

アラーナとテレンスが、王都を出立《しゅったつ》して四日後の、王都にあるウェバー公爵家の屋敷。

時刻は、午後十時二十二分。

苛々が募ったアヴリルは眠れず、蝋燭《ろうそく》の灯りのもと、物が散らばった自室をウロウロと歩き回っていた。昼間に使用人が片付けるも、アヴリルが暴れ、その辺にあるものを片っ端から投げつけ、落とし、壊す。その繰り返しがここ最近、毎日続いている。

「……これもすべて、お姉様のせいよ！」

叫んだ声は誰に届くこともなく暗闇に吸い込まれていく。誰も来てくれない。

こんなに放っておかれる生活は、人生ではじめてで。

余計にアヴリルは、荒れていた。

「どうして学園に行ってはいけないの？　どうしてエイベル様に会ってはいけないのよ！」

あの日。

アラーナが行方不明になったという嘘を国王に報告し、帰宅したウェバー公爵の顔は、すっかり血の気が失せていた。その様子に、屋敷で待ち構えていたウェバー公爵夫人が声を震わせた。

「……まさか。アラーナが自害したことがばれたのではないですよね……？」

「……違う。陛下も、妃殿下も、信じてはくれたさ。捜索隊に人員もさいてくださると約束してくれた」

「……ならば、どうして」

ウェバー公爵は大きくため息をつき「アヴリルは」と、ウェバー公爵夫人に居場所を聞いた。

「二階の自室におりますわ」

「……そうか」

それ以上何も言わず、ウェバー公爵がアヴリルの元へと足を運ぶ。

ウェバー公爵夫人は戸惑いながらも、その背中を追うことにした。

ノックもなしに、ウェバー公爵がアヴリルの部屋の扉を開けた。優雅《ゆうが》にお茶をしていたアヴリルは、きゃっ、と驚いたように小さな悲鳴を上げた。

「お、お父様。ノックしてくださらないと、びっくりするではないですか」

「……お前。何をしている」

「午後三時ですから。いつものお茶の時間に、紅茶を飲んでいました」

あまりにいつもと変わらないアヴリルに、怒りとも恐怖ともとれる感情を抱きながらも、心底神経をすり減らしていたウェバー公爵は、用件だけを伝えることにした。

「……アヴリル。エイベル殿下から言伝だ。しばらくは、決して近付かず、話しかけるなと」

「ど、どうしてですか⁉」

驚くだけで、何も察していない、察せない娘に思うところは多々あったものの、ウェバー公爵は国王たちとの会話をざっと語ってみせた。

「これでわかっただろう。私とエイベル殿下は、国王に虚言《きょげん》を吐いた。真実が知られれば、我らはどんな罰を受けるかわからない」

「けれど、お姉様が自害した理由が、あたしたちとは限りませんよね？」

「……なんだと？」

「だって、そうではありませんか。お姉様が自害――いいえ。行方不明となった理由は、別にあるかもしれませんよ？　だって、そんなにショックを受けることですか？　考えてみればお姉様、平然としていましたし。他に理由、あったんじゃないですか？」

あっけらかんと言うアヴリル。

ウェバー公爵たちに、口を挟む間を与えない。

「あたし、考えたんです。この機会に、エイベル様と本当に愛し合っているのは、このアヴリルだってこと。陛下たちに打ち明けた方がよいのではないかって」

ウェバー公爵とウェバー公爵夫人は、揃って唖然《あぜん》とした。

「それは、王妃教育を受けるということか……？　ならば何故、もっと早く……っ」

嫌ですわ、お父様ったら。アヴリルは口角を上げた。

「休みもなく、好きなことも、エイベル様とのデートの時間もとれないようなことなど、絶対にしたくはありません。それにあたし、お姉様と違って勉強は好きではありません。それはお父様たちもご存知のはずではありませんか」

「……お前。そんな勝手なこと、どうして平然と言えるんだ？」

愕然《がくぜん》とするウェバー公爵たちに、アヴリルは不思議そうに首を傾げた。

「だって。お父様たちがそれでよいと承知してくれたのではないですか」

違う。という台詞は、二人からは出てこなかった。

アヴリルの言葉は、紛れもなく真実だったから。

『……お前。そんな勝手なこと、どうして平然と言えるんだ？』

吐いた台詞が、自身に突き刺さる。

そうだ。自分だって、言っていたではないか。

エイベルとアヴリルとの不貞行為《ふていこうい》を目撃したアラーナに、まだ知らなかったのか、鈍い奴だと揶揄した。

婚約者が浮気をしていた。

人生を捧げてきた相手をよりにもよって妹に取られ、あげく、親である自分たちは、それを容認していた。アラーナ自身ではなく、妹のアヴリルのために頑張れと言った。

そんなもの、誰だってショックを受けるに決まっているではないか。

(アラーナだって、アヴリルとロブと同じ、私の子どもなのに……)

アラーナが自害したと知ったとき、なんてことをしてくれたのだと狼狽《うろた》えパニックになった。世間体と、ウェバー公爵家の未来のことだけで、頭がいっぱいだったから。

——でも。

実の姉が自害までしたというのに、自分のことばかり気にして。

身勝手な言葉を吐き捨てるアヴリル。

鏡のようなその存在に、ウェバー公爵ははじめて自分を客観的に見た。

見えてしまった。

「…………っっ」

これまでは、嘘が発覚することに何より怯えていた。

でも、アヴリルのせいで目を背けてきた自分の罪に否が応でも向き合ってしまったせいで、誰よりも自身が一番、怖ろしい存在に思えた。

子どもを自害するほどまでに追い込んだうえ、哀しみもせず、遺書《いしょ》を破り捨て、身勝手な都合で、行方不明扱いにした。

あげく。

遺体を弔《とむら》うこともせず、使用人に預け、捨ててこいと命じた。

他の誰でもない、自分の娘を。

「……あ、あああああっっ」

頭を抱え、膝をつく。お父様、とアヴリルがびっくりしたように手を伸ばしてきたが、ウェバー公爵はその手を振り払った。

甘やかされて育ってきたアヴリルは、父親のその態度に目を丸くした。

かと思うと、ひくひくと泣きはじめた。

「……ひ、ひどいです。あたし、お父様を心配して」

アヴリルが縋《すが》るように、母親に視線を移した。

母親は、青い顔をしたまま凍りついたように固まっていた。

自己保身に走り、大切にしていたつもりの娘に、いかに残虐なことをしてしまったのか。ウェバー公爵夫人もアヴリルの言動をきっかけに、己の所業《しょぎょう》を直視してしまっていた。

「お母様？」

「……そう、あなたの言う通りです。あなたをそんな風に育てたのは、わたくしたち……」

こんな状況だと言うのに、アヴリルは「やだわ、お母様ったら」と口元を緩めた。

「そんな当たり前なことを言って、どうされたのですか？」

「……アヴリル。アラーナは、あなたの姉は、きっとわたくしたちに裏切られたことがショックで、耐えられなくて、絶望して、自死を選んだのです……」

アヴリルは「だからなんです？」と眉をひそめた。

「お姉様が弱かっただけでしょう？　お父様も言っていました。こんなに責任感のない奴だったとはって。それに、どうしてお父様たちは、今さらそんな哀しむふりなどするのですか？」

「ふり……？」

「そうですよ。お父様はお姉様の遺言の紙を破き、お姉様の遺体を遠くに捨ててこいと命じた。お母様は、警察に疑われないようにと、冷静にお父様に助言をしていたではありませんか。本当にお姉様の死が哀しかったのなら、そんなこと、できませんよね？」

二人は二の句が継げられないまま、絶句した。返す言葉など見つかるはずもなく。

そんな自分たちがこれ以上アヴリルにどんな言葉を投げかけても無駄だと、手遅れだと悟った二人は、もうどうすればいいのかわからず絶望した。

「……アヴリル。しばらく、屋敷から出ることを禁じる」

ふらりと立ち上がったウェバー公爵が弱々しい声ながらもきっぱりと命じた。

アヴリルは突然の父の言葉に「は？」と、目を見開いた。

「意味がわかりません、お父様」

「……姉が行方不明なのに、妹であるお前が平然としていれば、まわりに疑われてしまうだろう」

「お芝居ぐらい、できます。お父様たちのように、哀しんでいるふりをすればよいのでしょう？」

ウェバー公爵はぐっと喉を詰まらせながらも、なんとか言葉を吐き出した。

「……これは命令だ。むろん、学園もしばらく休んでもらう」

「お買い物は？」

「駄目に決まっているだろう！」

びくっ。

怒鳴られたアヴリルは、またしくしくと泣き出した。

この状況を招いたのは自分だと理解していながら、いい加減、ウェバー公爵も苛々した。

「用がない限りは、部屋から出るな！」

あれほど可愛いと思っていた娘と、目を合わせたくなかった。それは、間接的にアラーナを殺した自分の愚《おろ》かさ、醜《みにく》さを、まざまざと見せつけられているような錯覚を覚えてしまうから。

子は親の鏡とはよく言ったものだ。

「……疲れた。私は部屋に戻って休む」

掠れた声で呟くと、ウェバー公爵は自室へと足を向けた。

続いて、ウェバー公爵夫人も無言で自室へと戻っていった。

アヴリルは一人、ぽかんとしていた。

あんなに優しかった両親が、まるで人が変わってしまったかのように怒鳴った。最後には、目すら合わせてくれなくなっていた。

なんだって、どんなことだって、いつでも肯定してくれていたのに。

アヴリルは鬼の形相《ぎょうそう》でぎりっと唇を噛んだ。つうっと血の雫が顎を伝い、乱暴にそれを指で拭った。痛い、汚れてしまったと、それすらアヴリルは、アラーナのせいにした。

自室に戻ったアヴリルは、部屋で暴れた。怒りをぶつけるように小物を投げつけ、寝台も滅茶苦茶にした。はあはあと息を荒くしたまま、ふと机に目を向けた。そこには、お忍びでデートに出掛けたとき、エイベルに買ってもらったペンダントがあった。

「……エイベル様」

アヴリルはそのペンダントを、愛おしそうに両手で抱きしめた。

そうよ。あたしにはエイベル様がいるのよと、頬を緩めた。

（エイベル様は王子様なのよ。きっと、あたしに冷たくしたお父様とお母様を叱ってくださるわ）

少し気分が良くなったアヴリルは、しばらく部屋で大人しくしていたが、すぐに飽き、部屋の扉を少し開け外の様子をうかがった。廊下はしんと静まり返っており、誰の気配もない。

アヴリルはそっと部屋から抜け出し、隣の部屋の扉をノックした。

「ロブ、あたしよ」と囁くと、中からロブが扉を開けた。

「喜んで、ロブ。今日からあたし、しばらく外には行かないの。だから、好きなだけあなたの相手をしてあげられるのよ」

平日は学園。放課後はエイベルと密会。そして休日はデートにお買い物。

そんなアヴリルにロブはいつも「きょうもあそんでくれないのですか？」と、しゅんとした顔で訴えかけてきていた。


——だからきっと、泣いて喜ぶわね。


期待していたアヴリルだったのだが。

返ってきたものは「いえ、けっこうです」という、きっぱりとした拒絶だった。

「ぼくは、ウェバーこうしゃくけのあととりとして、ひび、べんきょうにはげんでいます。それなのに、アヴリルおねえさまは、なんのどりょくもしないで、まいにちあそんでばかり。それでもおとうさまとおかあさまに、あいされている。そんなアヴリルおねえさまが、ぼくはだいきらいでした。そういうみでは、アラーナおねえさまのほうが、まだマシでした」

扉の隙間から、ロブが淡々と言葉を紡いでいく。

アヴリルは卒倒《そっとう》しそうになった。

「……だってあなた、あたしのこと、大好きだって言ってたじゃない……」

「それは、しかたなくです。おとうさまとおかあさまにあいされているアヴリルおねえさまをきらいなんていったら、ぼくもアラーナおねえさまとおなじあつかいをうけていたかもしれません。それがこわかっただけです」

でも、どうやらそのひつようもなくなったようですね。

ロブは、にやりと口角を上げた。

「さきほどのおとうさまたちとのやりとり、こっそりときいていました。アヴリルおねえさま、おこられていましたね。はじめてみました」

蔑《さげす》んだ笑みを浮かべるロブに、アヴリルの怒りが爆発した。

「……あんた、最低ね！　お父様たちがあんたの本性を知ったら、きっと屋敷から追い出されるわよ！」

脅しともとれる言葉を、ロブは鼻で笑った。

「――あのね、アヴリルおねえさま。ぼく、おもうのです。アラーナおねえさまは、ちょうじょで、みらいのおうひとなるひとでした。そしてぼくは、おとうさまからしゃくいをつぐちょうなん。おとうさまたちがアヴリルおねえさまにきびしくしないでやさしかったのは、なにもきたいするひつようがないそんざいだったからではないですか？」

ぶちっ。

アヴリルの頭の中で、血管が切れるような音がした。

ロブの胸ぐらを掴み、ロブの名を怒鳴りながら叫ぶ。その声は屋敷中に響き、数人の使用人たちと、ウェバー公爵夫人が部屋から姿を現した。

気付いたアヴリルは「お母様！」とロブから手を離し、駆け寄った。

「お母様！　ロブは最低な子です！　こんな子、早く屋敷から追い出すべきです！」

「……あなた。姉ばかりか、弟にまでそんなことを」

母親の落胆したような表情に、アヴリルは「どういう意味ですか！」と必死に訴えかけた。

「あたし、アラーナお姉様には何もしていないでしょう？　それに、ロブはあたしに、とてもひどいことを吐き捨てたのです！」

「……ひどいこと、ですか」

ウェバー公爵夫人は、ちらっとロブを見た。

ロブは「ほんとうのことをいっただけです」と答えた。

「ぼくは、なんのどりょくもしないで、まいにちあそんでばかりなのに、それでもおとうさまとおかあさまにあいされているアヴリルおねえさまが、ほんとうはだいきらいでした」

「……ロ、ブ？」

「でも、これまではそんなこと、いえませんでした。もしいっていたら、きっと、ぼくもアラーナおねえさまとおなじようなあつかいをされていたでしょう？」

アヴリルが「ね？　ひどいでしょう？」と同意を求めるように瞳を潤ませる。

「おまけにあたしのこと、何も期待する必要のない存在だって……だからお母様たちは優しくしてくれていたなどと言ったのですよ!?」

ウェバー公爵夫人は、がくっと膝から崩れ落ちた。

何もかもが衝撃で。頭を鈍器で殴られたような錯覚を覚えた。

（幸せな家庭だと、思っていた……何もかも、うまくいっていると……あたくしは、何も間違っていないと……）

もしかすると、誰より冷静に家族のことを見ていたのは、一番幼い、ロブだったのかもしれない。

アラーナの失踪《しっそう》――いや、自害したことすらもう察しているかもしれないこの子は、それでも普段通りの生活を送っている。

（ロブも、もう……わたくしたちと同じように、歪んでしまっているのかもしれない……）

後悔の涙を流しても、時は元には戻らない。その罰のように、ウェバー公爵とウェバー公爵夫人は、これより先、アラーナの幻影《げんえい》に怯える日々を送ることになる。

◆

自身の偽の死によって、ウェバー公爵家が少しずつバラバラに、崩壊に向かっている。

――そんなこととはつゆ知らず。

それどころか存在すら忘れられ、あの人たちはきっと笑っているのだろう。

そんな風に考えていたアラーナは、テレンスと共に目的地だった都市に辿り着いていた。

王都ほどの面積はないが、それでも国の中ではかなりの広さを持ち、かつ城壁に覆われた都市だ。

都市内にある空きがある宿を見つけた二人は、荷物を置き、一息ついていた。

街道宿との違いは、共用の寝台ではなく、一人用の寝台が部屋に二つ並んでいること。

移動の四日間。まだたった三回だけだったが、アラーナはテレンスに引っ付いて眠ることが好きになっていた。対し、テレンスはもう諦めの境地に達していたので、寝台が二つあることは、正直、喜ばしかった。

「近くに風呂屋があるそうです。少し休んだら、そこに行きましょう」

安い宿ではあるので、室内には寝台しかなく。アラーナとテレンスは、それぞれの寝台の上に腰掛け、向かい合わせで会話をしていた。

「ここに何泊かするの？」

「どうしましょうか。こうした都市だと、ちゃんとした施設がたくさんありますから。移動ばかりより身体は休まるかと。急ぐ旅でもありませんし」

アラーナは「いつか」と口にしてから、思っていたこととは別の言葉を続けた。

「いつかは、どこかに定住しないといけないわよね」

「そうですね。この都市は王都に近いので、万が一のためにも、止めておいた方がいいですけど」

そうね。

答えてから、アラーナはテレンスをじっと見詰めた。

「……なんでしょう」

こういう目をするときは大抵、アラーナって呼んで、サムさんのときのようにもっと砕けた話し方をして、というお願い事が多いため、テレンスは身構えた。


——のだが。


「テレンスの婚約者様って、どんな人だったの？」

この人は予想外をつくことが上手いな。テレンスは、妙な感心をしてしまった。

「最後の別れ方。というよりフラれ方が、まあ仕方がないにしても、精神的にきつかったので、あまり思い出したくはないのですが……」

「ご、ごめんなさい。なんだか……親が決めたのか、それとも、テレンスが好きになって付き合うようになったのか、それがふと気になってしまって」

まあそれぐらいならと、テレンスは「あー……相手から告白されて、付き合うことになりました、ね」となんとなく視線を逸らせた。

「告白を受けたのは、やっぱり相手の方が美人だったから？」

やっぱりってなんだ。

どんな風に見られているのか気にはなったが、容姿をあまり褒められたことがないアラーナにとって、これは想像より繊細な質問かもしれないと感じ、真っ直ぐに向き合った。

「美人ではあったと思いますよ。でもそれだけじゃ、お付き合いなんてしません」

「なら、どうして？」

「まわりの学友たちから慕われていましたし、誰かに偉ぶったところも、見たことがありませんでした。要は、なにより大切なのは性格だということです――このさいだから言いますが、私はアヴリルのこと、一度たりとも可愛いなんて思ったことはありませんでしたよ」

アラーナが理解不能と言わんばかりに首を捻《ひね》ったので、テレンスは言葉を重ねた。

「では、お聞きします。アヴリルの性格がいいと感じたこと、ありました？」

「……でも、みんながアヴリルを愛して」

「みんなって。せいぜいがアヴリルの両親と、エイベル殿下だけでしょう。他の者はみな、相手が公爵令嬢だから、ウェバー公爵たちが溺愛しているから世辞を言い、機嫌を損ねないようにしていただけです」

目から鱗《うろこ》が落ちた、とは。こんな表情をしたときに使われるのだろうか。

口を半開きにして固まるアラーナに、そんな印象を抱いた。

「はは。ようやく言えました。ウェバー公爵家の使用人のままなら、どこで聞かれているかわからない怖さから、こんなこと、とても伝えられなかったでしょう」

「……あの人たちがそれを耳にしていたら、殺されていた、かも」

「でしょうね。ウェバー公爵たちに甘やかされ、どんな無茶も当たり前に通すことが出来てしまったアヴリルは、我慢や努力と無縁の人間に育ってしまいました。プライドだけは高いくせに、できるのは、人を見下すことだけ」

容赦《ようしゃ》ない指摘だが、否定はできない。

その通りだわとアラーナは納得を通し越し、感心すらしてしまった。

「対してあなたは、我慢強く、努力家だ。人を見下しているところなんて見たことがありません。人間的に魅力があるのはどちらかなんて、考えるまでもないでしょう」

褒められ慣れていないアラーナは焦り、視線を泳がせた。

「じょ、女性を褒めるのが、上手なのね」

「事実を述べただけです」

しれっと言ってのけるテレンス。

これが十歳も年上の、大人の男の余裕なのだろうか。

「あと。これは何度か申しましたが、あなたは見目が良いので人の目を惹《ひ》きます。自覚して。ぼやっとしないでください」

「み、見目が良いのはテレンスでしょ？」

街道宿には、あまり若い女性の姿はなかった。でも、この都市は違う。いろんな年代の女性がいて、すれ違うたび、高確率でテレンスに見惚《みほ》れているのを目撃した。

わかってはいたが、テレンスは女性にもてる。はっきり自覚し、焦り、もやついた。

(カステロ伯爵のことがなければ、テレンスは今ごろ、元婚約者の女性と別れることなく、結婚していたんだろうな)

だって、他に別れる理由がない。

テレンスも、話を聞いた限り、相手のことは決して嫌っていなかった。

ぞくっ。

テレンスが結婚し、とっくにウェバー公爵家の使用人を辞めていたら。

辞めていなくても、大切な恋人がいる立場で、こうして一緒に旅に出てくれただろうか。こんなに必死になってくれただろうか。

想像して、全身に鳥肌が立った。

一人ぼっちで死んでいたかもしれない世界。

そうなれば今ごろ、誰にも弔《とむら》われず、遺体は谷底。

ぐちゃぐちゃ。ぐちゃぐちゃ。

「アラーナさん?」

名を呼ばれ、現実に引き戻される。

「……あ、うん。自覚、します」

心、ここにあらずで答える。

テレンスにとって、カステロ伯爵が殺された事件は悲劇以外の何ものでもない。あの事件さえなければ、ウェバー公爵家の揉め事に巻き込まれることも、アラーナに頼られることも、こうして旅に出ることもなかった。恋人と結婚し、子をなし、幸せな家庭を築いていただろう。

それができなかったから、テレンスは今ここにいる。もちろん、あの事件がアラーナのために起こったことでないのは理解している。

それでも、説明がつかない罪悪感が芽生えはじめた。

「い、良い人を見つけたら、わたしのことは気にしなくていいからねっ」

立ち上がったアラーナの、唐突な発言に、テレンスは目をぱちくりさせた。

「どういう意味ですか？」

「だからね。旅の途中で、運命の人に出会うかもしれないでしょう？　でもテレンスは、頼りないわたしのことが放っておけず、その運命の人を諦めそうだもの。そんなの、絶対に嫌だから」

「……はあ」

生返事に、アラーナはムッとした。

「わたし。結構、覚悟を決めて言ったんだけどっ」

「そう言われましても……運命の人とか、考えたこともなかったので」

「……う、運命というか」

伝えたいのは、そこじゃない。

アラーナが好む恋愛小説では、運命という言葉がわりと頻繁に使用されていた。だからつい、出てしまった。政略結婚を常とする貴族には縁遠く、テレンスがピンとこないのも無理はない。

「好きな人ができたら、わたしに遠慮なんてせず、その人と付き合ってほしいって言いたかったの」

「……あなたはどうするのですか？」

「わたし？　わたしなら大丈夫よ。あなたに自由をもらったから。どうとでも生きていくわ」

根拠など、絶対にない。けれどテレンスは確信していた。アラーナなら、もしテレンスにとって自分が邪魔な存在だと認識すれば、迷いなく忽然《こつぜん》と姿を消すだろうと。

「……心には、留めておきます」

「そうしてくれると、わたしも気が楽になるわ」

ほっとしたようなアラーナに、テレンスはなんとも複雑な気持ちになる。

（危なっかしいあなたを、一人にさせるはずがないだろう）

少し離れただけで、不安な顔をするくせに。すぐに温もりを求めて引っ付いてくるくせに。

（それでもいつか。あなたに、私の他に頼れる人ができるのだろうか）


――運命の人、か。


ふと。かつて好きだったはずの、元婚約者の顔を脳裏に描こうとした。

でも、もうぼやっとしか思い出すことができなくて。

今はどうしているのだろうと思ったが、すぐにどうでもいいかと、その存在を頭から消した。

◆

姉のアラーナが自害してから半月も経っていないのに、アヴリルを取りまく環境は大きく変化していた。

父親と母親はまるで姉のように暗くなり、滅多に部屋から出てこなくなってしまった。

たまに屋敷内で出くわしても、笑いかけてもこなければ挨拶もしてこない。ごく稀《まれ》に、虚ろな目でこちらを見るだけだ。

ロブなど、これまでの懐っこさは完全に演技だったらしく、嘲笑《あざわら》うかのように無視をされる。使用人たちも父親の命により、もういない姉の無駄な捜索を続けている。残った使用人たちは、その分の仕事を補うのに忙しくて、かまってくれない。

散らかした部屋を片付けてと命じ、そのあいだに愚痴《ぐち》ったり、怒鳴ったりしても、大して響かない。片付けが終われば、さっさと出て行く。

下手に出るようでプライドが傷付いたが、寂しいから話し相手になってと、使用人に頼んでみた。

そうまでしてやったのに、忙しいのでと誰もが去って行く。

「……これも、全部、全部、アラーナお姉様のせいよ」

全てうまくいっていたのに。幸せな人生を送れるはずだったのに。

あいつが逃げたせいで、全てが台無しになってしまった。

「……ううん。違う。全てではないわ」

アヴリルはもう我慢できないと、昼になるというのに姉の捜索の指揮はすべて他の者に任せ、部屋にこもったまま出てこない父親の私室へと向かった。

「お父様。アヴリルです。中に入ってもいいですか？」

返事はない。アヴリルが、お父様、お父様と、コンコンと扉を叩く。

「聞いておられるのでしょう？　あたし、お父様に従って屋敷から一歩も出ておりません。でも、もう半月も経とうとしています。そろそろ外に出る許可をいただけませんか？」

ドンドン。ドンドン。

先ほどより強く扉を叩く。返事はない。

ドンドン。ドンドン。

繰り返す。

「……うるさい！」

限界だったのか。

裏返った怒鳴り声のあと、好きにしろという掠れた父親の台詞が確かに聞こえた。

慣れない怒りに驚いたものの、ようやく許可がもらえたと、アヴリルはくるりと踵《きびす》を返した。

「誰か。お父様から許可はいただいたわ。すぐに学園に行く準備をして！」

◇

（お父様もお母様も、ロブも、もういらない。あたしには、エイベル様だけいればいい）

馬車の中で、新たに決意する。学園に着くなり、アヴリルは急ぎ足で校舎に向かった。

エイベルに早く会いたくて、会いたくて、仕方がなかった。

アヴリルは、苛々していた。でもそれと同じぐらい、寂しかった。こんなに長いあいだ誰ともまともな会話もせず、人の温もりを感じない日はなかったから。

二年の教室が並ぶ二階へと足を動かす。

もう少し。あと少しで、エイベルのクラスの教室に着く。

「――エイベル様！」

昼休み終わり。ちょうど、教室に入ろうとするエイベルの背中が視界に入った。アヴリルは嬉しくて、満面の笑みで駆け寄った。

第一王子のエイベルの婚約者がアラーナなのは、学園中が周知していた。

だからこれまではちゃんと、アヴリルとて人目を気にしていた。だからこその密会だった。

でもそんなこと、アヴリルはもう頭になかった。父親から聞いたエイベルの言付けも、すっかり忘れていた。

エイベルが声に反応し、振り返る。

アヴリルは、優しく受け止めてくれると信じて疑わなかった。

「……アヴリルか。久しぶりだな」

低音の、怒気を含んだ声色に、アヴリルはぴたっと動きを止めた。エイベルは舌打ちしそうな勢いだったが、それを無理やりおさえつけた。

「アラーナが行方不明となって、心配のあまり学園を休んでいたと聞いた。もういいのか？」

「……はい」

「どうやらそのようだな。だが、ぼくを気遣って無理に笑う必要はないぞ」

ようやくそこで、自分たちが注目されていることに気付いたアヴリル。しまった。ありありと、顔に書かれていた。

まわりの生徒たちが、こそこそと、こちらを見ながら小声で何かを話しているのを視界の端に捉えた。アヴリルの苛々が爆発する。

「言いたいことがあるなら、はっきりとおっしゃったらいかが⁉」

しん。

廊下が瞬時に静まり返った。それを破ったのは、エイベルだった。

「みな、許してやってくれ。大切な姉が行方不明で、精神が不安定になっているんだ──アヴリル。ぼくは大丈夫だから、もう、自分の教室に行きなさい」

エイベルは教室に入ると、ぴしゃりと扉を閉めてしまった。

アヴリルが呆然としながら、立ち尽くす。

そんな二人のやりとりを、少し離れた場所から見ていたトマスは、まわりの反応を軽く見渡した。

エイベルの演技に騙されている者は、もはやほとんどいないようだった。

当然だなと、トマスは焦ることなく、むしろ納得する。

二人は隠し通せていたつもりだろうが、度重なる学園内での密会。変装しながらの街でのデート。

そんなことを長く続けていれば、誰に目撃されていたとしてもおかしくはない。

ただみんな、余計なことに巻き込まれたくなくて、エイベルたちの前では口を閉ざしていただけだった。

◆

エイベルがトマスと共に学園に登校してきたのは、アヴリルが来る、一週間前のこと。

「エイベル殿下やアラーナ様が同時にお休みするなんて、何かあったのですか？」

一人の女子生徒が、校舎内を歩くエイベルに声をかけた。

あくまで、心配していた風を装って。

実際は、真相が知りたくてうずうずしていたのだが。

その生徒は、エイベルのお気に入りの一人、容姿の整った上位貴族の令嬢だった。

肉体関係を持っていたのはアヴリルだけだったが、エイベルは普段から、気に入った女子生徒をはべらせることを好んでいた。

上位貴族の令嬢ということもあって無下にすることもできず、エイベルがなんと答えたものかと押し黙る。

休んでいたのがエイベルだけだったなら、風邪だなんだといくらでも言い訳できたが、側近《そっきん》のトマスはともかく、婚約者のアラーナまで来ていないのは、不自然だ。

しかもこの先、アラーナが姿を見せる保証はどこにもない。

「……アヴリル様までお休みだなんて、なにかよほどのことがあったのかと」

鎌《かま》をかけるように、上位貴族の令嬢がもらした。

このときのエイベルは、アヴリルまで学園を休んでいることを知らずにいた。

だから、面白いように動揺した。

他人の色恋沙汰《いろこいざた》は、はっきりいって面白いものだ。それは貴族の子とて変わらない。

まして相手は、前から婚約者の妹との浮気の噂があった第一王子。その中心人物三人が、揃って学園を休んでいたのだ。興味を持たない方がどうかしている。

本人は知らないだろうが、学園は今、その話題で持ち切りだった。

しかし、エイベルに人望《じんぼう》がなかったため、そのことについて教えようとする者も、止めようとする者も、誰一人として現れなかった。

いくつもの視線に晒《さら》され、エイベルが大量の汗を流す。耐えきれなくなったように「ア、アラーナが行方不明になったんだ！」と叫んだ。王命ではないが、ウェバー公爵の方針により、アラーナが行方不明になったことは、まだ公にはされていなかった。

近くに控えていたトマスが顔色を変えた。

でも、エイベルはかまっていられなかった。

「ぼくは今日まで、アラーナを必死に探していた。だが、これ以上は学業に支障が出るからと、ウェバー公爵に説得され、泣く泣く来ることにしたんだ。アヴリルは、姉のアラーナが行方不明になったことで精神的に参ってしまい、寝込んでいるそうだ」

一応の筋を通し、エイベルが一気に語った。

「ゆ、行方不明って……誰かに攫《さら》われたのですか？」

上位貴族の令嬢が驚愕しながら訊ねると、エイベルは「わからない」と返した。

「……それすらも、何もかも、わからずじまいだ」


——本当に？


思ったのは、一人や二人ではないだろう。

それからエイベルに、大丈夫ですか、心配ですねと気遣うように声をかけてくる者はいたが、ほとんどが下位貴族の令嬢たちだった。あわよくば、愛人にでも。そんな思惑からだろう。


——他の者は、というと。

浮気がばれて、焦った殿下に幽閉《ゆうへい》されているのではないか。

不貞行為《ふていこうい》を目撃したアラーナ様が、失望のあまり寝込んだとか。

王妃教育と生徒会長の仕事が大変で、過労で倒れられたのでは。

などという噂が、まことしやかに学園中に広まっていった。つまりは、大半の者がエイベルの言葉を疑っていたのだ。

それは、エイベルの耳には入っていなかった。それどころではなかったから。

はっきり言って、エイベルの苛つきはアヴリルの比ではなかった。

当然のことながら、生徒会長の仕事は日々滞っている。今はアラーナのことが心配で、仕事が手につかない、などという言い訳をしているが、それにも限界がある。

第一、生徒会役員はみな、エイベルがアラーナに仕事を押し付けていたことには気付いていた。

王妃教育と生徒会長の仕事が大変で過労で倒れた、という噂の出所は、おそらく生徒会役員の誰かだろう。

誰にも頼れない。手伝ってくれない。

忙しさと重圧で、ストレスがたまる。

アヴリルとも会っていないため、性欲も発散できない。

人目のあるところではまだ平静を保てているが、何もかも事情を把握しているトマスと二人になると、当たり散らすばかり。

こんな理不尽《りふじん》を、誰より黙って耐え、受け止めていたのはアラーナだったこと。

――それをトマスは、一番実感していた。

『これから先、その名を口にすることは許さん。これを破れば、貴様だけでなく、一族もろとも皆殺しにしてやる。覚えておけ』

エイベルの脅迫を思い出すたび、トマスの心が冷えていく。このまま、真実がみなに知れ渡ればいい。そして、天罰《てんばつ》が下ればよいのにと願う毎日。

（……アラーナ様。あなたはいま、何処におられるのですか？）

願わくば、幸せであってほしい。

そう思うのは、何もできなかった罪の意識から逃れたいからだろうか。

呟かれた言葉は、校舎内に響き渡る鐘の音に、かき消された。

◆

（あのときは、みんながいたから。だからああいう態度をとるしかなかったんだわ。そうよ、あたしったら。いつもエイベル様とはこっそり会っていたのに）

放課後。

アヴリルは、王族専用の馬車――つまりは、エイベルが乗ってきた馬車の中にいた。

あの後も何度か接触を図ろうとしたが、エイベルは常に人目につくところにいたため、それは叶わなかった。もし無理にでも声をかければ、今度こそ叱られてしまう。

だからアヴリルはぐっと耐え、ならばと、ウェバー公爵家の馬車は先に帰らせ、顔馴染みの御者《ぎょしゃ》に頼み込み、馬車内でエイベルを待たせてもらうことにした。

（ここならすれ違うこともないし、あたしって頭いい）

日が落ちかけ、段々と校舎内から人が減っていく。

それでも、まだエイベルは出てこない。

（……エイベル様。まだお仕事しているのかしら）

おかわいそうに。アヴリルがまた、アラーナのせいだと舌打ちした。

◆

それから、三十分後。

トマスと共に校舎内から出てきたエイベルに、御者《ぎょしゃ》が慌てて駆け寄り、アヴリルのことを説明した。エイベルが「どうして追い返さなかったんだ⁉」と目を吊り上げる。

「それが……アラーナ様のことについて、どうしても直接伝えなければならないことがあると、それはもう必死に訴えておられまして……万が一にでも、これが世間に知られたら大変なことになると」

御者《ぎょしゃ》がしどろもどろになりながら伝えると、エイベルは思い切り眉をひそめた。

「アラーナのことについて……だと？」

「はい……」

アラーナの居場所について、何か手がかりがあったのだろうか。それを確かめるためにウェバー公爵家を訪れることは、決して不自然なことではない。

そう結論づけたエイベルは「わかった」と言い、御者《ぎょしゃ》にウェバー公爵の屋敷に向かうよう指示した。念のため、まわりに誰もいないことを確認してから素早く馬車の中に入った。

「……行きましょうか」

トマスは御者《ぎょしゃ》の男に呟くと、無言でいつものように御者台《ぎょしゃだい》に腰を落とした。

「ああ、エイベル様……ようやくお会いできましたね」

エイベルが馬車内に入ってくるなり、アヴリルは目を潤ませた。ここなら人目を気にする必要はない。きっと、今までの分を補うように抱き締めてくれる。

期待したアヴリルだったが、エイベルは正面の席に座るなり「それで？」と、甘い空気など微塵《みじん》も出すことなく口火を切った。

「……え？」

「え、じゃない。アラーナのことについて、ぼくに直接伝えなければならないことがあるのだろう？」

「……はい。ですが、あの」

「なんだ」

「……久方ぶりの、恋人の逢瀬《おうせ》ですのに、いささか冷た過ぎるのではないですか……？」

エイベルは、こいつは何を言っているんだと、心底呆れた。

「ウェバー公爵から、言付けは聞いていないのか」

顔を歪ませて問うと、アヴリルは「……聞きました、けど」と、ぼそぼそと答えた。

「なら、ぼくの状況は理解できているはずだが？」

「けれど、今までだって、人目を盗んで逢瀬《おうせ》を重ねてきたではありませんか……それに、ここなら誰の目に触れることもありませんし……」

イラッ。

エイベルは思わず、舌打ちしそうになった。

（馬鹿かこいつは。今までとは状況が違うだろう……っ）

怒鳴り散らしたい思いにかられたが、ぐっと堪えた。アヴリルは、叱られることに慣れていない。もしここで声を荒らげ、泣かせてしまえば、まともに話を聞けなくなるかもしれない。

（少し前までなら、馬鹿なところもすぐに泣いてしまうところも、可愛いと思えていたが……）

今はもう、ひたすら腹が立って仕方がない。

「……先に、アラーナのことについて聞かせてくれ。それが気になって、何も手につかない」

アヴリルは、なるほど、と胸をなで下ろした。

「そうですよね。あたし、あのときは必死で……万が一にでも、これが世間に知られたら大変なことになるなんて言いましたし……」

エイベルの指が、ぴくっと動いた。

「……まさか、嘘じゃないだろうな」

「いえ、そんなことはありません。お父様から、決して誰にも言うなと——エイベル様にも絶対にもらしてはならないと強く命じられていることですから」

「……なんだと？」

「あたし、言ったんですよ？　エイベル様にだけは、真実をお伝えした方がよいのではないかと。でも、お父様は許してはくださいませんでした」

「真実……」

「はい。エイベル様も、アラーナお姉様の捜索に加わっていたと聞き及びました。でも、そんな無駄なこと、エイベル様にだけはもうさせたくないのです」

「……無駄なこと？」

エイベルが顔を歪ませたのに対し、アヴリルは、はい、と頬を緩ませた。

「だって、アラーナお姉様はもう、この世にいないのですから」

エイベルの思考が、ぴたりと停止した。

真っ白になりつつある頭をどうにか動かし、掠れた声を絞り出した。

「この世にいないって……それは、どういうことだ」

「いやですわ、エイベル様ったら。この世にいないということは、亡くなっているということではありませんか」

アヴリルが小馬鹿にしたように苦笑する。

こいつはどうして笑っているのだろう。

エイベルは現実感がなくて、めまいがした。

「……アラーナは、どうして亡くなった。どうしてウェバー公爵たちは、それを隠した……」

「アラーナお姉様は、毒を飲んで、自害したのです。きっと、あたしやお父様たちへの嫌がらせです。こんなことが世間に知られては恥だからと、お父様たちは忽然《こつぜん》と姿を消したことにしたのです」

「……嫌がらせ？」

「だってほら。あたしとエイベル様が生徒会室で愛し合っているところを、お姉様が目撃してすぐのことでしたから」

エイベルの視界が、ぐらりと揺れた。

小刻みに震えはじめた右手で口元を覆う。

「……ウェバー公爵が父上に報告をしにきた日には、もう」

「そうですね。お姉様は死んでいました」

死。その単語に、ぞわっとした。行方不明となったアラーナの死の可能性を、エイベルはどうしてか、考えていなかった。

どうせ。どこかで呑気《のんき》に、サボっているのだろうと。

戻ってきたら、これまで以上にこき使い、罵《ののし》ってやると。

そんなことばかり、想像していた。

愛してはいなかった。でも、便利だとは思っていたから。

死を望んでいたわけではなかった。

まして。

「……本当に、自害なのか？　誰かに毒を盛られたんじゃ……」

自分が原因での自害ともなれば、流石に後味が悪すぎる。そうではない可能性に縋《すが》りたかった。

「さよなら、と書かれた遺書《いしょ》が傍にあったので、おそらくは自害で間違いないかと……まあ、遺書《いしょ》はお父様が破り捨ててしまいましたから。証拠は残っていませんけど」

「………破った？　遺書《いしょ》を？」

父親である、ウェバー公爵が？

呆然と繰り返すエイベルに、アヴリルは、ええ、と。さらにとんでもないことを語った。

「アラーナお姉様の遺体も、どこか遠くに捨ててくるようにと使用人に命じたそうなので、ぬかりはありません。ですが、ご報告が遅れて申し訳ありませんでした。エイベル様に無用な捜索などさせて……」

殊勝《しょしゅう》なふりをして頭を下げるアヴリルを、凝視するエイベル。

その双眸《そうぼう》は、恐怖に揺れていた。

一方で。

よく話してくれた。そう言って以前のように甘い口調で褒めてくれるのを、アヴリルは頭を下げながら待っていた。

——なのに、エイベルは沈黙したまま。


「エイベル様……？」

アヴリルが待ちきれずに顔を上げると、化け物を見るかのような目でこちらを見下ろすエイベルと視線がぶつかった。

「…………え？」

どうして。

アヴリルは、エイベルの反応が理解できなかった。

どんっ。

エイベルが突然、背後の壁を叩いた。そこは御者台《ぎょしゃだい》がある方の壁だったので、そこに座っていたトマスと御者《ぎょしゃ》の男は驚愕に肩を揺らした。

「馬車を止めろ！」

大声の命に、御者《ぎょしゃ》の男が「は、はい！」と、手綱《たづな》を引いて馬を止める。馬車が停止するなり、エイベルは「——おりろ。早くおりろっっ」と叫んだ。

何事かと、トマスが御者台《ぎょしゃだい》から飛び降りた。中を確認する前に、馬車の扉が音を立てて開かれた。

「エ、エイベル様？　突然、どうされたのですか⁉」

おろおろするアヴリルの腕を掴み、エイベルが力尽くで馬車からおろす。

「お前たち家族は正気じゃない！」

「――きゃっ！」

馬車から無理やりおろされたアヴリルが、足をもつれさせ、転ぶ。

駆け寄ろうとするトマスを止め、エイベルは「中に入れ！」と命じた。迷う素振りを見せるトマスに、エイベルは血走った目で叫んだ。

「ぼくの命令が聞けないのか⁉」

「……承知しました」

命令に逆らってまで、手をかそうとは思えない相手だったこともあり、トマスは命じられるまま馬車の中に入り、扉を閉めた。

「エイベル様？　エイベル様！」

なんで。どうして。


――あたしはあなたのために、お父様の命令に逆らってまで真実を述べたのに。

半狂乱になったアヴリルがエイベルの名を連呼する。エイベルが「出せ！」と御者《ぎょしゃ》に怒鳴る。御《ぎょ》者《しゃ》はアヴリルを気にしながらも、馬車を出発させた。

「待って！　待ってください、エイベル様！　あたしにはもう、あなたしか……っっ」

お父様もお母様も、おかしくなってしまった。もう、あなたしかいないのです。

行かないで。行かないで。

涙を流しながら、アヴリルが街路を走る馬車を追いかける。全力疾走など、おそらく人生ではじめてしたアヴリルは、すぐに息が切れ、やがて、派手に顔面から転んだ。

「だ、大丈夫ですか？」

見かねた通りすがりの街の人が、立ち止まり手を差し出した。その女性の手を、アヴリルは激しく振り払った。

「気安く話しかけないで！　あたしは公爵令嬢なのよ⁉」

女性は青い顔で「……すみませんっ」と小さく謝罪し、逃げるようにどこかへ駆けて行った。

一部始終を見ていた街の人たちはアヴリルに嫌悪《けんお》の目を向け、以降、近付こうとする者は一人もいなかった。

◆

アラーナ様より愛している人ではなかったのですか。

なぜあんなことをしたのですか。放っておいてよいのですか。

トマスは皮肉交じりに目の前の男に問いただしてやりたかったが、とてもそんな雰囲気ではなかった。

エイベルは目の前で、頭を抱えていた。日が落ち、あたりが薄暗く染まりつつある街では、顔色がいまいちよくわからない。それでもまとう空気から、ただ事でないことは予想がついた。

（いったい、どんな話をしたんだ……？）

ガタッ。ゴトッ。

しばらく馬車の動く音だけが響いていたが、やがてエイベルが、ぽつりと何かを呟いた。

「……じゃない」

聞き取れなかったトマスが、眉根を寄せ、耳をすます。

「……ぼくのせいじゃない」

エイベルが、がばっと顔を勢いよくあげた。

びくっとしたトマスに、エイベルが詰め寄る。

「アラーナが自害したのは、ぼくのせいじゃない！　なあ、そうだよな!?」

ひゅっ。

トマスの息が、一瞬、止まった。エイベルは悲鳴のように続けた。

「ウェバー公爵たちは、非道な家族だ。毒で自害した娘の遺書《いしょ》を破り捨てたあげく、遺体を捨ててこいと使用人に命じたそうだ。きっと、そんな家族に耐えきれなくなって、死を選択したんだ。お前も、そう思うだろう？　思うよな!?」

肩を、爪が食い込むほど強い力で掴まれ、前後に揺すられる。けれどトマスの感情は凍り付いたようになっていて、一言も発することができず、何も答えなかった。

答えられなかった。

（……この人は、何を言っているんだろう）

アラーナが、自害。それだけでも思考が追いつかないのに、さらに付け加えられたとんでもない事実に、目を張り裂けんばかりに見開いていく。

「……アラーナが見つかれば、この状況も終わると思っていたのに……真実が全て明るみにでたら、父上たちにばれたら、ぼくはもう、お終いだ……っっ」

——ああ、なんだ。この人、少しの後ろめたさはあったのかと思ったら、結局は、自分がかわいいだけか。

トマスは頭の片隅で、どこか遠くからこの場を見下ろしているような気分で、そんなことを思った。

「……アヴリル様が、おっしゃっていたのですか」

「……そうだ。なんでもないことのように、笑いながら報告してきた。あんな情のない女だなんて、思わなかった……っ」

「……ウェバー公爵に、事実確認を」

エイベルは「馬鹿か！」と、唾を飛ばした。

「自害した理由は、ぼくにもあるかもしれないんだ。ぼくはただ、愛する相手と愛を確かめ合っていただけなのに……その現場を目撃しただけで、普通、自害までするか⁉」

「……では。自害の理由はやはり」

「違うと言っているだろう！」

胸ぐらを掴まれたが、トマスはされるがままだった。

振り払う気力が、もはやなくなっていた。

「……違うなら、よいではないですか」

「――違っても！　アヴリルとの関係が、父上と母上に露見《ろけん》するかもしれない。お前も知っているだろう。二人は頭が固く、了見《りょうけん》も狭い。真実の愛だからといって、浮気をよしとしないんだ。それだけでもどんなお叱りを受けるかわからないのに、ぼくは……そんなつもりはなかったのに、結果的に父上に嘘をついてしまった……っ」

アラーナが自害した翌日。

王宮の応接室で、国王とエイベルが交わした会話を、トマスは知らない。

「どういう、ことですか」

「……アラーナが行方不明となった理由に心当たりはないのかと聞かれ、ない、と答えた。これが虚言《きょげん》だった場合、相応の罰を受けてもらうと……父上に忠告された」

エイベルは忌々しそうに唇を噛むと、トマスを睨み付けた。

「わかったか。ウェバー公爵家がどうなろうが知ったことではないが、ぼくが巻き込まれる可能性がある以上、このことは他言無用。墓まで持っていく——お前もだ」

「…………」

ウェバー公爵夫妻と、アヴリル。

同じぐらいエイベルが胸糞悪く、トマスは吐き気がした。

◇

それからエイベルは、終始無言だった。役目のため、王宮内にあるエイベルの自室まで後に続いたトマスを一度も振り返ることなく、エイベルは部屋に入った。

軽いパニック状態にも見えたが、それはトマスも似たようなものだった。

『そんなことないですよ。わたしはあなたに感謝しています。そのことは、決して忘れないで……』

アラーナと会った、最後の日を振り返る。

何か嫌な予感がしたことを覚えている。

あのときすでに、自害することを決意していたのだろうか。

「……アラーナ、様……」

膝から崩れおれそうになるのを、王宮の柱に手を当て、なんとか堪える。

後悔の念に押しつぶされそうになる。エイベルとアヴリルの関係は、知っていた。なのに、ずっと黙っていた。あの二人と、ウェバー公爵夫妻と、何が違う。

罪悪感はあれど、何もしてこなかった。保身のために、生徒会室での二人の不貞行為《ふていこうい》を目撃したあの日も、慰めの言葉一つかけなかった。

どうか、幸せになんて。

なんて身勝手な。

自害するほど、苦しんでいたのに。

「……う、あ……っ」

（遺書《いしょ》を破り捨てた……？　遺体を……捨てた……？）

実の両親が。

想像で、吐きそうになった。

震える拳を強く、強く握りしめる。鼻の奥がつんと痛くなり、涙が滲む。

くそっ。くそっ。

どうしようもない怒りと哀しみと罪の意識に、心が潰されそうになる。


——誰か。


ぽつりと、胸中で呟く。

アラーナ様が、何をしたというのだ。

ただ頑張って、努力して、傷付いているだけの、か弱い女性だった。

どうしてこんな目に遭わなければならなかったのだろう。

なんのために、あの人は生まれてきたのか。少なくとも、こんな最期を迎えるためではなかったはずなのに。

（……無力な私の代わりに）

あいつらに、報《むく》いを。

誰か。誰か。

「――ああ、トマス。ちょうどよいところに」

天から降ってきたような、芯の通った凜《りん》とした声音に導かれるように、トマスは振り返った。

「妃殿下……」

「どうかしたのですか？　声が震えていますし、顔色も……」

「……大丈夫、です」

「気分が優れないようなら、また後日に」

「い、いえ。私に何かご用でしょうか？」

エイベルからの気遣いが皆無だったこともあり、王妃のそれに、トマスは酷く戸惑ってしまった。

「エイベルについて。側近《そっきん》であるあなたに、いくつか訊ねたいことがありまして」

どくん。

心臓が跳ね、トマスは僅かに目を見張った。

「私に……？」

「ええ。エイベルのことについて、わたくしなりに調べてみたのですが、どうも、学園内での評判はあまりよくないみたいですね」

――ああ。


これは、神が与えてくれたチャンスでは。

願ってもないタイミングに、トマスの心が震え出した。

エイベルに、ウェバー公爵家に、意見できる人。罰せられる人。

それは、限られていて。

その限られた人が、今、目の前にいる。

「……妃殿下。私はエイベル殿下に、脅迫されています。事実を他言すれば、一族もろとも皆殺しにしてやると」

トマスの頬に、一筋の涙が流れた。

「すぐには信じてもらえないかもしれません。ですが、私は――一族の無事を保障してもらわないことには、何も話すことができないのです。ですからどうか。どうか……っ」

悲痛な叫びが廊下に響いたあと、沈黙が続いた。

トマスは怖くて、俯いた顔を上げられずにいた。

（……高ぶった感情のままに伝えてしまったが……私は、とんでもないことをしてしまったの

では）

エイベルは、滅多に本性を現わさない。ことに、両親の前では。

たかが臣下の一人であるトマスとエイベルなら、王妃たちがエイベルの言い分を信じたとしても、不思議ではない。そしてエイベルは、トマスを脅迫したことを決して認めないだろう。証拠も、証人もない。だから今まで、口を閉ざすしかなかったのに。

カタカタ。カタカタ。

上下の歯が、噛み合わないほど身体が震えだした。もしこれが原因で、家族や一族に何かあったら、取り返しがつかない。

「……トマス」

掠れた声で名を呼ばれ、飛び上がる勢いで「は、はいっ」と面をあげたトマスの目に映ったのは、鬼の形相《ぎょうそう》をした王妃だった。

思わず、ひっと小さな悲鳴をあげる。

「――いったいどういうことですか？　きちんと説明なさい！」

「は、話を聞いてくださるのですか……？」

「当然でしょう？　あなたの目には、わたくしはそんなに愚《おろ》か者に映っているのですか？」

トマスが「……とんでも、ありません」と力が抜けたように涙を流す姿を見て、王妃は口調を弱めた。

「ごめんなさい。そう思わせていたわたくしに責任があるというのに、あなたを責めてしまいました」

王妃がトマスの背中にそっと手を添える。

その温もりに、少しだけ心が浮上する。

「……妃殿下。私は、どんな罰も受ける覚悟があります。ですがどうか、家族や一族を巻き込むのだけは、お許しください……」

「あなたにも、非が？」

「……アラーナ様を、お救いできませんでした」

「――誰から」

答えられないトマスに代わり、王妃は「エイベルからですか」と低い声でもらした。

「その事実とやらに、アラーナ嬢がかかわっているのですね？　それを話しただけで、一族皆殺し？　そんな怖ろしいこと、絶対にさせやしません。約束します」

真っ直ぐな瞳で、王妃が胸に手を当て誓う。

「……ありがとうございます」

「いいえ、いいえ。先ほどはああ言いましたが、わたくしは愚《おろ》かな母だったようです」

王妃は「落ち着いたら、陛下のところに行きましょう」と、トマスにハンカチを差し出した。

「……あの子が人格者ではないことぐらい、わたくしだって理解しているつもりでした。けれど、アラーナ嬢が行方不明と知ったときのあの非情な態度に、何も見えていなかったのだと、痛感しました」

「……妃殿下」

「忙しさにかまけ、あの子を信じていると体《てい》の良い理由で放任していた、わたくしたち、親の責任です」

ごめんなさい。そう言って王妃が顔を歪める。

ぐぐっ。強く握られた拳に、表面上だけの謝罪ではないことが伝わってきた。

（……どこかで、諦めていた。所詮は、あのエイベル殿下の親なのだからと）

国王と王妃と直接会話する機会なんて、ほぼないに等しい。

だから、どうせ信じてもらえないだろうと。

話なんか通じないだろうと思っていた。

決めつけていた。

こんなことなら、もっと早く。

どんなに後悔しても、もう遅いけれど。

（……アラーナ様。あなたの無念を、少しでも晴らせるように）

なんの慰めにも、償いにもならないかもしれない。

でも、もう。一人で抱えるのは、限界だった。

せめて。これからできることを——

◇

国王の執務室の扉が開かれ、トマスが王妃と共に中に足を踏み入れる。

「陛下。やはりあの子は、アラーナ嬢が行方不明になった理由に、心当たりがあったようですわ」

入室の許可を得た王妃は、開口一番、国王に告げた。

国王は執務の手を止め「……そうか」と、机にペンを置いた。

「理由とは」

「それは、トマスから」

王妃が斜め後ろに控えるトマスを振り返る。トマスは一歩前に出て、口火を切った。

「……エイベル殿下は、アラーナ様の実妹のアヴリル様と、男女の関係にありました」

国王は驚愕の表情を浮かべていたが、王妃は「……噂は本当だったのですね」と顔を曇らせていた。エイベルのことを調べたときに知ったのだろうが、まだ王妃の中で、確信が持てずにいたのだろう。

「……私はエイベル殿下がアラーナ様を裏切っていることを、随分前から認識していました。ですが、何もしませんでした。アラーナ様にお伝えすることも、何も」

王妃に「……それがあなたの非、ですか？」と問われたが、そうですと答えることはできなかった。罪は、きっともっとあるから。

「アヴリル様がおっしゃるには、ウェバー公爵とウェバー公爵夫人も、お二人の仲を認識し、認めていたそうです」

「……どういうことですか。それは、エイベルとアヴリル嬢の関係を知りながら、放置していたと？」

信じられない。王妃が、目で訴えかけてきた。

「……はい。そして、アラーナ様が生徒会室にて、お二人の不貞行為《ふていこうい》を目撃したのが、行方不明となる、二日前のことでした」

国王が「……なるほどな」と、眉間を指で押さえた。

「それが、アラーナ嬢が行方をくらました理由か」

「……それもありますが。おそらく、王妃教育と、子どものことも、大きな理由だったのではないかと……」

国王が「王妃教育？　子ども？」と、眉をひそめる。

トマスはあの日、生徒会室でエイベルがアラーナに明かした本音を、覚えている限りの全て、あますことなく、二人に伝えた。

王妃教育は大変だから、愛するアヴリルにはさせたくない。

だから婚約者に、アラーナを選んで良かった。

子どもはアヴリルとつくる。その子をアラーナの子として育てる。姉妹だから、生まれてくる子の見た目はきっとアラーナと似ているだろうから、問題ないと。

――王妃教育。子ども。

意味を理解した国王と王妃の顔は、真っ青になっていた。

「陛下。アラーナ嬢の捜索を、もっと人数を増やして全国に広めましょう。あんな息子となんて、もう婚約破棄してかまわないと。伝えてあげなくてはっ」

王妃の台詞に、トマスは耐えきれず、とうとう膝から崩れ落ちた。

「……すみません、すみません……私がエイベル殿下を怖れず、もっと早くに真実を申し上げていたら……っっ」

「トマス、大丈夫です。なんとしてでもアラーナ嬢を見つけ出して、謝罪をします。むろん、あの愚《おろ》かな息子からも」

「……駄目なんです。もう、遅くて……何もかも、私が……っ」

トマスのパニックにも似た混乱ぶりに、国王と王妃がただ事ではないと息を呑む。

「……だってアラーナ様は、もう、この世にいなくてっ」

悲痛に叫ぶトマスに触れようとしていた王妃の手が、ぴたりと止まる。

「……自害したと…っっ」

続けられた事実に、国王は音を立てて椅子から立ち上がり、王妃は口元を手で覆った。

「……馬鹿な。アラーナ嬢が忽然《こつぜん》と姿を消したと報告しに来たのは、ウェバー公爵本人だぞ」

国王がそう告げ、王妃が「誰がそのようなことを……」と震える。

「……エイベル殿下が、アヴリル様にそう聞いたと……」

「伝え聞いただけか？」

「……はい」

「なら、まだそれが事実とは限らんではないか」

国王が示した可能性に、トマスは希望を見る。

面を上げると、凛《りん》とした瞳とぶつかった。

「これから私は、ウェバー公爵の元へ赴く。そしてすべての真実をあきらかにしてこよう」

そのようなこと、私たちの息子がするはずがない。お前は嘘をついている。

そう言って責められることも、最悪、なんらかの罰を受けることすら覚悟していたのに。

信じてくれた。その上で行動を起こしてくれる。

それだけでもう、涙が止まらなかった。

「……ありがとうございます……っ」

噛み締めるように吐露《とろ》したトマスの名を、国王が静かに呼んだ。

返事をするトマスに国王は「お前はまだ、エイベルの側近《そっきん》でいたいか？」と、問うた。

トマスは涙を拭いながら、いいえ、と頭をふった。

「……怖れながら、私はもう、エイベル殿下に忠誠は誓えません」

国王は、だろうな、と呟いた。

「今をもって、お前をエイベルの側近《そっきん》から外すことにする……長いあいだ、辛い思いをさせてすまなかった」

後はすべて、私たちに任せなさい。

その言葉がどれほど嬉しく、頼もしかったか。

（……神様。どうか、どうか。アラーナ様が生きていますように）

もう、頑張らなくていい。耐えなくていいのですよと伝えたい。

両手を合わせ、トマスは強く、ただそれだけを祈った。

◆

「――え？」

「髪、本当に良かったのかなって」

都市で過ごすこと、数日。

食糧と水を補充し、明日旅立とうとする前日の夜。

この都市でしか食べられない、名物の肉料理を出す居酒屋にアラーナとテレンスは来ていた。

腰まであったアラーナの美しい薄紫色の髪。

それがもはや、肩につくか、つかないかぐらいの長さしかない。

その長さになったのは、都市に着いてすぐのこと。

街で床屋を見つけたアラーナは「入っていい？」と、テレンスに許可を取ってきた。お金はいくらか渡してあったが、アラーナはそのお金を使うとき、必ずテレンスに許可を求める。

律儀《りちぎ》だなあと思いつつ、テレンスがもちろんと答えると、アラーナは床屋に入っていった。

なんとなくテレンスは、少し整える程度かなと考えていたのだが。アラーナははさみを構える理髪師に「このあたりまで、ばっさりいっちゃってください」と、自分の肩あたりを指差した。

理髪師の男が「綺麗な髪なのに、思い切りがいいねぇ」と豪快に笑いながら、髪一房分を、テレンスが止める間もなく、はさみでじょきんと切ってしまった。

残りの髪も、容赦《ようしゃ》なくじょきじょきと切られ、床にばさばさ落ちていく。

顔を青ざめさせるテレンスを気にすることなく、さっぱりとしたアラーナは理髪師に「ありがとうございました」と、笑顔でお金を渡していた。


——そして、今。


「……せめて一言、相談してほしかったです」

居酒屋のテーブルに突っ伏しそうなほど、テレンスが落ち込む。

何度目かの台詞に、アラーナはなんとなく、くすぐったくなった。

「えと。前にも言ったけど、お手入れも大変だし、洗うのも乾かすのも長いと面倒で」

「……それは理解していますが」

「に、似合ってない？」

「……似合ってますけれども」

「けれども?」

「…………」

どう伝えたらいいのかわからず、テレンスが押し黙る。テレンスがここまで打ち沈む理由は、似合う、似合わないの問題ではない。ではなんなのかと聞かれても、上手く説明できない。

長い髪が好きだったから。そうではないと、全否定はできないけど。

(……アラーナお嬢様は何も間違ってない)

長い髪は、手入れが大変だ。特に、定住することのできない今では、なおさら。

(……美しい髪すら、守ってあげられなかった)

これはもしかしたら、自己嫌悪《じこけんお》に近いものかもしれない。

そのとき、ふと。

テレンスの脳裏に、隣に眠るアラーナの長い髪が、自身の肌に触れたときの感触が蘇った。

「…………っ」

僅かに動揺したテレンスの様子を、アラーナは見逃さなかった。

「どうしたの?」

「……いえ、なんでもありません」

すぐに平静を装ったが、どうしてこのタイミングでそれを思い出し、僅かながらでも動揺したのか。くすぐったくも、それはテレンスにとって、決して嫌な時間ではなかった。

いや、むしろ。困りながらも、愛おしいと思える時間だったと、気付いたから。

それでも。

――残念ながら、心を読めないアラーナは、首を捻《ひね》るだけだった。


「ねえ、テレンス。言葉遣い、元に戻ってる」

こそっとアラーナが囁くと、テレンスは、ああ、と口元に手を当てた。

「油断すると、つい……やはり、慣れないな」

「でも絶対、丁寧な言葉遣いより、この方がみんなに怪しまれないし、馴染めると思うわ」

「そうです――いや、そう、だね」

ぎこちなさに、アラーナはくすりと笑ってから「本当はもう一つ、理由があってね」と、続けた。

「もし、もしね。わたしが生きていることがお父様たちに知られたら、絶対に、アヴリルのために連れ戻されると思うの。だって、わたしぐらい都合のいい貴族令嬢を見つけるの、大変じゃない？」

「……その通りだと思うよ」

アラーナは未来の王妃だった。

未来の王妃――第一王子の婚約者に相応《ふさわ》しい身分はもちろんのこと。

教養や知識、礼儀作法とて完璧を求められる。

例えばそんな人が見つかったとしても、アヴリルとしか子作りはしないなどというエイベルのとんでもない世迷い言を受け入れる誇り高い貴族令嬢が、果たしてどれほどいるだろうか。

家族の元を離れた今、自分がどれだけ非常識なことを求められていたのか痛感する。

あんなことはもう、アラーナは絶対に受け入れられない。

テレンスがくれる言葉、優しさ、温もり。すべてをそのまま受け入れる勇気も自信も、まだ持てずにいる。でも、知ってしまったから。もう、あの頃には戻れない。

きっと生きてきた中で、今が一番、心は脆い。

それでも今が一番、心は軽かった。

「髪型を変えれば、印象も変わるだろうから。万が一のためにも、ね。わたしはもう二度と、あそこに戻りたくないから」

「……うん」

「でも、テレンスが長い髪の方が好みなら、また伸ばそうかな。エイベル様に新しい婚約者ができたら、わたしは完全に用無しになるし、安心だもの」

「……好みとかじゃないよ」

「そうなの？」

「ただ、綺麗だったから。勿体ないと思っただけ」

あまりにもさらっと言うから、アラーナは最初、意味がすぐに理解できなくて、ぽかんとしていた。

「お待たせしましたー！」

居酒屋の店員が、肉料理を乗せた皿を手に、元気よくやってきた。ありがとう。店員に応対するテレンスに、遅れて褒められたらしいことをようやく察したアラーナは、顔を真っ赤にした。

二人は、ゆっくりと、だが着実に歩みを進め。

王都で起こっていることなど何も知らずに、幸せな時間を過ごしていた。

第三章

エイベルに馬車から放り出されたあと。

アヴリルは泣きながら、生まれてはじめて一人で街路を歩いた。王立学園からウェバー公爵の屋敷まで、普通なら歩いても十分とかからない。

しかし。アヴリルは道がわからないうえに、変なプライドから誰かに助けを求めることもできず、迷いに迷い、屋敷に戻るのに三十分以上かかった。

ボロボロになりながらどうにか屋敷に辿り着くと、驚いた使用人たちが、どうしたのですかと駆け寄ってきてくれた。疲れて。痛くて。哀しくて。苛ついていたアヴリルが「放っておいて！」と叫ぶと、みんなそうですかと、あっさり引き下がってしまった。

ぽかん。

玄関ホールに一人取り残されたアヴリルは、涙を忘れしばらく立ち尽くした。

「……あんたたちなんか、クビにしてやるんだから！」

誰にともなく叫び、アヴリルは二階の自室へと向かった。一刻も早く寝台に横になりたかったが、階段をのぼるのも一苦労。体力はほとんど残っていなかったし、擦《す》り傷《きず》だらけの顔が、打ち付けた全身がズキズキと痛み、足をゆっくり動かすのがやっとだった。

（……なんなのよ。みんな、みんなひどすぎるわ……っ）

涙と鼻水で、余計に傷が染みる。痛くて痛くて、またそれらは溢れてくる。

もうどうしたらいいのか、わからなかった。

（あたし、こんなに可哀想なのに……誰も心配してくれないっ）

ようやっと自室の寝台に倒れ込むと、アヴリルは、わあわあと泣き喚きはじめた。

大きな声はそれぞれの部屋に閉じこもっているであろう両親にも届いているはずなのに、誰も訪ねてくる気配はなかった。


——約二時間後。


泣き疲れていつの間にか眠っていたアヴリルは、執事の声にふと目を覚ました。扉を激しく叩いているが、叩かれているのは自分の部屋ではない。

寝台から上半身だけを起こし、耳をすます。

「旦那様、旦那様！」

どうやら執事が呼んでいるのは父親のようだ。最近はずっと、部屋にこもりきりの父親。

使用人たちも、食べ物を運ぶ以外は、部屋にすら近付かなくなっていたのに。

いったいどうしたのだろう。

「陛下と妃殿下がいらしています！」

アヴリルは固まった。

（陛下と妃殿下が……どうして？）

アラーナのことについてだろうか。けれど、今さらという気もしたし、万が一にもアラーナが見つかることはないのだから、余計に想像がつかなかった。

（……まさか。エイベル様、あたしが話したお姉様のこと、陛下たちに告げ口したの？）

それって、まずいんじゃ。

息を呑み、そろりと扉を開き、廊下の様子をうかがう。

父親の部屋の前にはもう、数人の兵士を引き連れた国王と王妃が立っていた。これ以上待たせるわけにはいかないと、執事が仕方なく、予備の鍵を鍵穴に差し込もうとしたときだった。

部屋の扉が、ゆっくりと開かれたのは。

「…………っっ」

アヴリルは、すっかり変わり果ててしまった父親の姿に唖然《あぜん》とした。髭は伸び、もはや見る影もないほどに痩せ細った顔、身体。髪はもう、真っ白になっていた。

驚いたのは、国王たちも同じだったようだ。それでも国王は王妃と目を合わせ、こくりと頷き合ったあと、重々しく口火を切った。

「――アラーナ嬢が自害したと伝え聞いた」

アヴリルはあやうく声を上げそうになったが、すんでのところで口元を両手で覆い、免れた。それでも心臓が、ドクドクと早鐘を打ちはじめた。

ウェバー公爵は、窪《くぼ》んだ目で、ただじっと国王を見ていた。

「これは王命だ。アラーナ嬢に、いったい何が起きた。事実のみを話せ」

国王が望む真実を知るウェバー公爵の使用人たちが俯き、黙り込む。

どうしよう、どうしよう。

パニックになるアヴリルの前を、ウェバー公爵夫人がすっと横切った。

「……嫌ですわ、陛下。アラーナなら、そこにいるではありませんか」

ウェバー公爵夫人が、すっと廊下の奥を指差す。

けれどそこには、誰もいない。

ぞっとし、アヴリルが「お、お母様……？」と呼びかけると、ウェバー公爵夫人は、ふふ、と笑った。

「アヴリル。どうやらわたくしは、長くて悪い夢を見ていたみたいです。だって、アラーナが死にたくなるほど酷いこと、わたくし、していませんよね？」

母親も、父親と同じ。まるで別人のような佇《たたず》まいだった。いつも手入れが行き届いていた肌は荒れ、髪は真っ白で、ボサボサ。実年齢よりはるかに年を取っているように見えるウェバー公爵夫人の目は、焦点が合っていないかのように、不気味だった。

ごくっ。

誰かの唾を呑む音が、微かに響いた。

「……エイベルとアヴリル・ウェバーの仲を、認めていたそうですね」

王妃が唾棄《だき》せんばかりに確かめると、口元だけ笑みを浮かべていたウェバー公爵夫人が、びくっと動きを止めた。かと思えば、ケタケタと笑い出し、止まらなくなってしまった。

みなが呆然としていると、ウェバー公爵が、身体を支えきれなくなったように尻餅をついた。

「……アラーナは、死にました。確かに、死んだはずなのです。でも、どうしてでしょうね。毎晩、アラーナは私の前に現れるのです。しかし、何も言ってくれない。私をただじっと見詰めるだけで、何も……」

ウェバー公爵は、救いを求めるように国王と王妃を見上げた。

「……罪を償えば、私は許されるのでしょうか……？」

国王が「お前の罪とはなんだ」と静かに問う。

ウェバー公爵は、そうですね、と薄く笑った。

「アラーナが残した遺書《いしょ》を破り捨て、遺体を弔《とむら》うこともせず、物のように捨てたことでしょうか……」

「…………っ」

国王と王妃は、絶句し、凍り付いた。

最悪が、アラーナの自害。

それ以上の隠された事実があるとは考えもしていなかった。

「……捨てた？　娘の遺体を？　貴様、正気か……？」

吐露《とろ》する国王をぼんやり眺めていたウェバー公爵が、ウェバー公爵夫人の笑いにつられるように、笑いはじめた。

二人の笑い声が、不気味に屋敷内に響き渡る。

これ以上、とても話を聞ける状態ではないと判断した国王は兵士に「……二人を病院に」と、苦しげに命じた。ウェバー公爵とウェバー公爵夫人が腕を掴まれ、兵士に連れられて行く。

抵抗はなく、ただ二人とも笑っているだけ。

「……行こう」

国王が、血の気の引いた顔で動かなくなってしまった王妃の背中を優しく、とんと押した。

王妃が「……は、い」と掠れた声を絞り出し、歩き出す。

「へ、陛下！」

呼び止めたのは、アヴリルだった。

「あ、あたし、これからどうすればいいのでしょう。お父様とお母様があんな風になってしまうなんて……」

「……アヴリル・ウェバー。あなたはどうして、実の姉の婚約者と関係を持ち、不貞行為《ふていこうい》までしていたのですか……少しでも、罪の意識はあったのですか」

弱いが、責めるような王妃の口調に、アヴリルは「それ今、関係あります⁉」と、つい食ってかかってしまった。

「そもそもの発端は、あなたたちでしょう⁉」

涙を浮かべ、王妃が叫ぶ。

「……まさか本当に、自害していたなんて……その上、もう遺書《いしょ》も遺体もない……」

家族よりよほど哀しむ王妃に、アヴリルが違和感を覚える。

「わたくしはもう、あの子に何も償えない……っっ」

次に湧いてきた感情は、自分よりアラーナのことばかり気にかける王妃の姿に対する、怒りだった。

「もういないアラーナお姉様より、あたしのことを気にしてください。お父様とお母様があんな風になってしまって、あたしがとても混乱しているの、わかりません⁉」

「――お前は、そのような性格だったのだな」

冷たい国王の目に、圧に、アヴリルが怯む。

けれど、続けられた言葉に、希望を抱いた。

「まだ決定ではないが……ウェバー公爵家には、王族の血が流れている。ウェバー公爵家当主が、このような非情な行いをしたこと、公にするわけにはいかんだろう」

「で、では！　我が家はなくならないということですね、陛下」

「ウェバー公爵には、弟がいたはずだ。当主は、弟に継《つ》いでもらうことになるだろう」

「――それは、ぼくがウェバーこうしゃくけのとうしゅになれるとしになるまでの、だいりということですよね？」

背後からの声に、アヴリルがはっと振り返る。

「……ロブ。あんた、いつから」

「へやからでてきたのは、いまです。でもへいかたちがこられてからずっと、みみはすませていました」

ロブはとことこと国王の前までやってくると、深くお辞儀をした。

「はじめまして、へいか。ロブ・ウェバーです」

「ちょっと、いい子ぶらないでよ！　あんたの本性が最悪だってこと、バラしてやるから！」

「それはアヴリルおねえさまでしょう？」

「お父様とお母様がおかしくなったの、あんたも聞いてたんでしょう？　それでそんなに冷静なのは、あんたも普通じゃない証拠よ！」

もはや、残ったたった二人の家族なのに、なおも蹴落とし貶《けな》し合う。その姉弟の姿に、国王と王妃だけでなく、使用人たちも不快感をあらわにしていた。

「ウェバー公爵家の当主となる者には、すべてを包み隠さず伝える。お前たち一家が、どのようにしてアラーナ嬢を死に追いやったか。そして、お前たち姉弟の人間性もな」

国王の言わんとすることに、王妃が続いた。

「……その者が、あなたたちを養子として迎え入れてくれるとよいですね。誰も受け入れてくれなければ、二人は居場所がなくなってしまいますもの」

アヴリルとロブが「いばしょ？」と、揃って繰り返した。

「アヴリル・ウェバーは、十五でしたか。ならもう、働ける年ではありますね」

「は、働くって。あたしは、公爵令嬢なのですよ!?」

「そうですね。公爵令嬢のままでいられるといいですね」

「とうしゅは、ぼくでは……？」

「あなたの叔父が当主となるのですから、次期当主は、叔父の子の嫡男《ちゃくなん》となりますね」

「……だれもようしにしてくれなかったら、ぼくはどうなるのですか？」

「あなたはまだ子どもですから。孤児院に預けられるか、もしくは、姉に養ってもらうかでしょう」

アヴリルとロブの問いに、王妃が涙を拭いつつ、淡々と返答する。

国王と王妃が、絶望からようやっと大人しくなった二人に背を向けた。

やりきれない、間に合わなかった後悔を抱え、ウェバー公爵の屋敷を足取り重く、後にした。

◆

アヴリルにとんでもない事実を打ち明けられた日から、エイベルはずっと、自室にいた。好きで引きこもっているわけではない。

あの日の夜に、父親である国王からの遣いの者がやってきて「しばらく部屋から出るな、だそうです」と告げられたのだ。部屋の扉の前には、常に監視役の兵士が二人いる。

素直に、わかったと了承したわけではない。一人で抱えきれなくてつい、アラーナが自害したことを、トマスにも口走ってしまっていたからだ。

自室での軟禁《なんきん》は、トマスのせいではないかと真っ先に疑い、エイベルは遣いの者に「トマスを呼べ」と命じたが拒否された。

「あの者はもう、あなたの側近《そっきん》ではありません」

「……何を言っている。ついさっきまで、あいつはいつものように、ぼくを護衛していたんだぞ」

「そのすぐ後に、陛下により、側近《そっきん》を外されました」

エイベルの頭に、かっと血がのぼった。

（あ、あいつ……まさか、父上に告げ口をっっ）

何をどこまで。どのように。

「第一王子として命じる。ここに、トマスを連れて来い！　今すぐにだ！」

「できません」

「ふざけるな！　お前に拒否権はない！」

「これより、エイベル殿下と他者との接触を禁止する——陛下から言付かった、二つ目の命令です」

「…………っ」

それからの一週間は、エイベルにとっては耐えがたいものだった。これからどうなるのかまるで予想がつかないうえ、何よりトマスの裏切りに、頭の血管が切れそうだったから。

「ぼくに逆らったことなど、これまで一度もなかったくせにっ」

監視役の兵士に、王宮の中庭で散歩ぐらいさせろと怒鳴ったこともあったが、兵士は「陛下に、部屋から一歩も出すなと命じられております」の一点張り。

これにもますます、腹が立った。

もはや体裁を取り繕う余裕もなくなっていた。

椅子に座り、親指の爪を噛み、怒りをどうにか少しでも和らげようとしていると、かちゃりという音が耳に響いた。

エイベルが、部屋の扉に目を向ける。鍵をかけていたはずの扉が兵士によってゆっくりと開かれ、そこから、国王と王妃が入ってきた。

「……ち、父上？　母上？」

合鍵は、確かにある。

けれどそれを使われ、なおかつノックもなしに侵入してきた両親に、呆然とする。

礼儀に厳しい二人がこんなことをしたのは、はじめてだった。

王妃は無言で、テーブルの前に座るエイベルにつかつかと近付いてきた。何事かと立ち上がるエイベルの左頰に、王妃は右の手のひらを思い切り振り下ろした。

ぱあん。

乾いた音が、部屋に一つ、落ちた。

「――あなたの身辺調査をしました」

静かな怒りを宿した声色で、王妃は吐き捨てた。

エイベルが、頰の痛みも忘れ、動きを止める。

「自身の学園での噂、評判。あなたは理解しているのですか？」

「……噂？　ひょう、ばん？」

「婚約者の妹との密会。あげく、生徒会長の仕事の押し付け。王立学園に通う生徒は、貴族の子息、令嬢たちばかりなのですよ。これがどういうことか、わかりますか？」

エイベルの双眸《そうぼう》が、絶望の色に変化していく。

「ま、待ってください……どうして、それを」

「あなたは隠し通せていると考えていたようですが、甘かったですね。どうやらみな、気付いていたようですよ。もはや、あなたを未来の国王と認める者は、誰もいない」

「ち、違います……誤解ですっ」

頭をふるエイベルの肩を押さえつけ、王妃は、耳元でそっと低音で囁いた。

「――トマスから、何もかも、聞きました」

エイベルの背中に冷たい汗が一筋、流れた。

予想はしていた。していたが、それでもそれはエイベルにとって、最悪な結果だった。

心のどこかで、主を裏切るわけがない。どうにかなる。

もし父上と母上にすべて知られたとしても、それを二人が信じるとは限らない。

もし問われても、否定すればいい。

そんな風に考えていたのに。

(学園のみなに、バレていた……？)

身体が、ぶるっと震えた。

「よいですか？　何もかも、です。あなたがアラーナ嬢に吐いた台詞も、全てです。例えば——そうですね。どうしてあなたが愛するアヴリルではなく、アラーナ嬢を婚約者とすることを良しとしたのか。その理由も、もうわたくしたちは知っているのですよ？」

ひやりとした声音に、エイベルは震えながらも、あの裏切り者めと小さく吐き捨てた。

「——どうした。トマスの一族もろとも、皆殺しにするのか？　どうやって？」

刃のような鋭い国王の声に、エイベルの震えが一瞬、止まった。

「お前は、本来守るべき婚約者を都合のいいようにこき使い、傷付け——自害に追い込んだ」

「そ、それはぼくのせいではありません！」

「では、誰のせいと？」

「ウェバー公爵家の人間、全てです！　調べたなら理解したはずです！　あの家族の本性を！」

「……お前も、たいして変わらんよ」

「どこがですか？　あんな家族と一緒にしないでください！」

王妃が「いいえ、同じです」と、冷たく口を挟んだ。

「子どもは愛するアヴリル・ウェバーとつくり、アラーナ嬢の子とする——ねえ、エイベル。教えてくださいな。これがまともな人間の考えることなのですか？」

「か、家族の遺体を捨てることとそれを、同列にしないでいただきたいっ」

「これを聞かされたアラーナ嬢が、少しも傷付かなかったとでも？」

エイベルが、ぎりっと奥歯を噛む。

「……ウェバー公爵が、あまりにあっさりとアヴリルとの関係を認めてくれたから……それも許されると。そもそも、先にぼくを誘惑してきたのは、アヴリルの方で……」

王妃に「――だから？」と詰め寄られ、エイベルは一歩、後退った。

「だから何も悪くない。まさか、そう主張するつもりではないですよね？」

図星をつかれ、悔しそうに押し黙るエイベルに、国王がたたみかける。

「誘惑にのったのはお前だ。アラーナ嬢を傷付け、仕事を押し付けたのも、トマスを脅迫したのも、すべてはお前がしたことだ」

エイベルは観念したように、はい、と項垂れた。

「……みなからの信頼回復のため、これからぼくは、誠心誠意、第一王子としての務めを果たすことを神に誓いま――」

遮るように国王が「必要ない」と、ぴしゃりと言い捨てた。

「覚えているか。お前が私に、アラーナ嬢が行方不明となった理由に心当たりはないと、はっきり答えていたことを」

「……あのときは、まさかぼくが原因だとは考えが及んでおらず」

「アヴリル・ウェバーとの不貞行為《ふていこうい》を目撃されてすぐのことではないか。そんな言い訳、誰が信じる。仮に本当にそのように思っていたのなら、お前の感情は大事なものが欠落している。とてもじゃないが、王は務まらない」

嫌な予感がして、エイベルの心臓がざわついた。

「どうであれ、お前は国王である私に虚言《きょげん》を吐いた。約束通り、相応の罰を受けてもらう」

「ち、父上……」

「加えて。お前は学園で恥をさらし、王族の品位を貶《おとし》めた」

国王は静かな怒りを宿しながら「お前から、王位継承権を剥奪《はくだつ》する」と宣言した。

「そ、それはあんまりです！　ぼくは、それほどひどいことはしていません！」

青い顔で抗議するエイベルに、国王は、愚《おろ》か者め、と吐き捨てた。

「それだけですむはずがないだろう」

「………え？」

これ以上、何を。

目で語るエイベルに、国王は続けた。

「上位貴族と要職者を集め、会議を開いた。お前には、どのような罰を与えるべきかと」

「……それが、王位継承権剥奪《はくだつ》ではないのですか？」

国王はエイベルの自室の窓から見える塔を、すっと指差した。

「王宮内にあるあの塔を見ろ。王族の恥であるお前の姿を国民に晒《さら》すわけにはいかないからな。お前は生涯を、あそこで過ごせ。なに、食事は毎日運ばせる。お前の嫌いな仕事も、もう何もしなくていい」

「…………はは」

数秒かけてようやく意味を把握したように、エイベルは一つ、乾いた笑いをもらした。

「う、嘘、ですよね……？　いくらなんでも」

国王は、答えない。エイベルは王妃に視線を移した。王妃は「……あなたはまだ、アラーナ嬢にした仕打ちを理解できていない」と、そっと目を伏せた。

「……これから、時間はたっぷりあります。自身の行いを振り返り、せめて、アラーナ嬢に心から謝罪ができる日がくることを、祈っています」

エイベルは、ようやく察した。

これは嘘でも冗談でも、なんでもない。

本気で、塔に幽閉《ゆうへい》するつもりなのだと。

「──し、しました！　ぼくは本当に、アラーナにひどいことをしました！　心から反省しています！」

突然叫び出したエイベルに、国王と王妃はなんの感情も抱くことなく、ただ、憐れな者を見るような視線を向けてきた。

部屋の隅で待機していた兵士に、国王が小さく、けれどはっきり命じる。

「──塔に連れて行け」

エイベルが嫌だと悲鳴を上げ、部屋を逃げ惑う。涙と鼻水でぐちゃぐちゃになった顔は、いつも自信であふれていたものとはかけ離れていて、見る影もない。

暴れるエイベルの両腕を兵士がそれぞれ左右からつかまえる。抵抗しようにも、忙しいと言い訳し、日々の鍛錬を怠《おこた》ってきたエイベルが、鍛えた兵士二人に敵うはずもなかった。

――塔の螺旋階段《らせんかいだん》を、二人の兵士に引きずられるようにしながら、エイベルがのぼっていく。

足掻《あが》いても、かまわず兵士はのぼる。抵抗するように動かずにいても、力尽くでのぼらされてしまう。

「……頼む。後生だ、見逃してくれ。なんでもするから……」

涙を流し、エイベルが訴え続ける。

ちらっと様子をうかがっても、兵士は眉一つ、動かさない。

終わりが近付いてくる。螺旋階段《らせんかいだん》をのぼりきったとき、エイベルは最後の抵抗でもがいた。無駄だとわかっていても、大人しくなんて出来なかった。

塔でたった一つしかない最上階の部屋を、一人の兵士が開錠する。物のように担ぎ上げられたエイベルが、その部屋にある寝台に、問答無用で乱暴に放り投げられた。

起き上がる間もなく、扉が閉まる音と、鍵のかかる重低音がむなしく響いた。

「…………」

途端に現実感がなくなって、エイベルは部屋で呆然と立ち尽くした。

その部屋の扉には、上に小さな格子窓《こうしまど》が、下には小窓がついている。思考が働かないエイベルは、はじめて目にするその扉を穴が開くほどじっと見詰め、小首を傾げた。

しばらくして。

部屋の中をざっと見てみると、寝台の他にテーブルと椅子が置いてあった。扉と反対側にある、唯一の窓には鉄格子《てつごうし》があり、向こう側には近いようで遠い、青空があった。

（……夢でも見ているんだろうか）

生涯を、ここで過ごす。

もう一生、出られない。

そんなこと、とてもじゃないが、呑み込めなかった。

「……ぼくがそこまでのこと、したか？」

誰にともなく問いかける。

部屋だけでなく、塔の入り口にも鍵をかけられるためか、扉の外にはもう、人の気配がない。

娯楽《ごらく》も何もない部屋に、一人きり。

認識して、改めて、ぞっとした。

「……誰か！　誰か！」

窓の鉄格子《てつごうし》を掴み、外に叫ぶ。

塔の最上階は王宮より遥かに高く、声は誰にも届かない。

叫び疲れ、ウトウトしていたエイベルの耳に足音が響いてきた。

日暮れの太陽によって茜色に染められた扉の小窓が開き、そこからトレイが差し込まれる。

トレイにのせられていたのは、パンが一つと、野菜スープが入れられた皿。

そして、スプーンのみだった。

「……これだけ？」

それはエイベルにしてみれば、これまでとは比べものにならないぐらい、質素なものだった。

ここで唯一の楽しみは、食事ぐらいだ。それさえも、これとは。

もう。

ただ、ただ。

絶望でしかなかった。

◆

ウェバー公爵の屋敷に、アヴリルたちの叔父――ウェバー公爵の弟がやってきたのは、エイベルが塔に幽閉《ゆうへい》されてから、五日後。

昼過ぎのことだった。

数えるほどしか会ったことのない叔父は、やはりどこか父親の面影があり、アヴリルはじんとしてしまった。最後に見た姿があまりに悲惨《ひさん》だったから。変わり果ててしまった父親は今、母親と共に病院に入院している。

「叔父様。アヴリルです。こうしてお会いするのは何年ぶりでしょう」

使用人によって、応接室に通されていた叔父に、カーテシーをするアヴリル。

横ではロブも「おあいできてこうえいです」と、丁寧に頭を下げていた。

笑顔の二人に対して、叔父の顔は険しい。

「……よく笑えるものだね」

アヴリルは、ひくっと頬を引き攣らせた。

「あたしは涙を堪えて、笑って叔父様を迎えようとしただけですわ」

「……四年前に会ったきみは、当主ではない私を蔑《さげす》み、医者の道を選んだ私を兄と共に笑っていたね」

「そ、そんな昔のこと、覚えていません！」

ロブが口元を隠し、くすっと笑う。

叔父は見ていなかったが、それは些細《ささい》なことだった。

「まあ、いい。きみたちは下がってくれ。私が話したいのは、この屋敷の使用人たちだ」

「どうしてですか？」

「陛下からの手紙に応じ、私は昨日、陛下に謁見《えっけん》した。そこで、すべてを知らされた。きみたちがアラーナにしたことや、兄上と義姉上の現状。そして、きみたちの人となり、立場をね」

「……へ、陛下から何を聞かされたのかは知りませんが、それはっ」

「しゃべらなくていい。陛下から、本人たちではなく、ウェバー公爵家の使用人たちに、きみたちのことを訊ねた方がいいと助言を受けている」

きつい物言いと眼差しに慣れていないアヴリルが、じわっと瞳を潤ませた。

叔父はそんなアヴリルに、何を感じ取ったのか。僅かだが眉根を寄せた。

「……アラーナか。どうせきみたちと何ら変わらないだろうと、ろくに話しも聞いてやらなかった。兄を嫌い地方に逃げたりしなければ、救えたのかな」

「お、お姉様の名前をおっしゃるの、控えてくれます？　あたしの胸が痛みますから」

実際は、その名を聞くのがただただ不愉快だった。みんなが自分よりアラーナを気にかけることが不快だったし、こうなったのはすべて、アラーナのせいだという憎しみが強かったから。

「顔に出ているよ、アヴリル」

指摘され、アヴリルがはっと両手で頬を覆う。

叔父は、呆れからため息をついた。

「正直。陛下に話しをうかがったときから、結論は出ていたんだ。それでも、きみたちはまだ十五歳と、六歳の子どもだから」

アヴリルの全身の毛がざわりと逆立った。

「……あたしを、養子にしないおつもりですか」

「はなから、兄の子どもを私の養子にするつもりはなかったよ。ただ、他の受け入れ先を探すかどうか、迷っていた」

ロブが「ぼくもですか？」と、目を丸くした。

「アヴリルおねえさまは、おじさまにひどいことをいったかもしれません。でもよねんまえ、ぼくはまだ、にさいでした。ぼくがなにか、おじさまのきにさわることをしましたか？」

ロブが叔父を、責めるように凝視する。

叔父は、ふっと苦笑した。

「きみは賢いね。だからこそ、怖ろしいよ。きみを受け入れてくれた家族に、何かするんじゃないかって」

「ぼくは、おじさまのこどもになりたいです」

「無理だ。同情の余地がないわけではないが、私は、私の家族が何より大事なんだ」

「ぼくはアラーナおねえさまに、なにもしていません」

「それはこれから、きみたちを誰より近くで見てきた者たちに聞くとするよ。さあ、部屋に戻って」

「いやです」

「ならば今すぐ、孤児院に連れていくだけだ」

「……っ。わかりました」

ロブが悔しそうに、それでも大人しく応接室を出て行く。

頭の隅でいい気味と思いつつ、他人事ではないため、アヴリルの顔色が青ざめていく。

「……あたしは、もしどこにももらわれない場合、どこに連れて行かれるのですか？」

叔父は「きみにはね。もう一つの選択肢があるよ」と言った。

アヴリルが目を輝かせる。

「あ、あたしだけ？　ロブにはその選択肢がないのに？」

「そう。陛下が、提案してくれた」

――やっぱり、あたしは特別なんだわ。

アヴリルが「その提案とは、なんでしょう」と、ウキウキする。

「それは機密事項《きみつじこう》に触れる。聞けば、きみはもう、その選択肢を選ばなければならなくなる。その覚悟はあるかい？」

怖いぐらいの真剣な表情に、アヴリルが圧倒される。

「……あたしが、誰かの養子になれる可能性はどれくらいありますか」

「申し訳ないが、今のところ限りなくゼロに近い。私がきみを紹介して、何か迷惑をかけることになってしまったら、私の責任になってしまうからね」

「あたし、迷惑なんてかけません」

「きみがこれまで積み重ねてきた行いの結果だよ。信用なんてできない」

「……なら、使用人たちに話を聞く必要なんてあります⁉」

「ないかもね」

「…………っ」

アヴリルが、怒鳴りつけたい衝動をどうにか押さえ付ける。

「誰かの養子にもなれなくて、陛下の提案も受け入れないとしたら、あたしはどうやって生きていけばいいんですか？」

「王都でも、どこででも、働けばいい。きみには蓄えてきた教養と知識がある。書の代筆なんか、簡単にできるだろう」

「あたしはまだ学生です。十五歳なんですよ？　大人として、恥ずかしくないんですか？」

「きみら一家の生き様よりよほどマシだ」

言い切られ、アヴリルは半ば自暴自棄になった。

「――陛下の提案、受け入れます」

叔父が「ほう」と、もらした。

「後悔はない？」

「ありません。あなたになんか頼らなくても、あたしの味方はたくさんいますから」

「そうか、わかったよ。陛下にすぐ、その旨《むね》をしたためた手紙を出すことにしよう。早ければ明日にでも、王宮からの使者が来ると思うから、きみはそれまでに荷物をまとめて」

待っていましたと言わんばかりの叔父に、若干不安になったアヴリルが「提案の内容、教えてくれないんですか？」と訊ねるも、王宮に着けばきっと教えてくれるよと、曖昧《あいまい》な返事しかしてくれない。

「……あの」

「うん？　止める？　今ならまだ、間に合うよ」

「その提案を受け入れたら、あたしは幸せになれますか？」

「それはきみ次第かな」

「……ゼロではない？」

こくり。叔父が頷く。

それをアヴリルは、なぜか全面的に信じた。

「じゃあ、止めません。それでは役立たずの叔父様。ご機嫌よう」

嫌味にまったく気分を害した様子もなく、叔父が「ああ、さよなら」と挨拶を返す。

アヴリルはもう、あなたは用無しとばかりにスカートを翻《ひるがえ》し、応接室を去っていった。

「――最後まであういう態度で、助かったよ。おかげで罪悪感も少なくてすむ」

椅子の背もたれに体重を預け、叔父がわざと言葉にして呟く。それは控えていた使用人たちの耳にも届いているはずなのに、誰もその台詞をアヴリルに伝えようとする素振りがない。

（……味方、ね）

それはいったい、どこにいるのやら。

「アヴリルのことは、もういいよ。ロブのことについて教えてくれる？　彼はどんな子？」

「……では、私から」

叔父の問いに真っ先に反応したのは、執事だった。

結果。

――ロブを孤児院に預けるという結論は、叔父の中で覆ることはなかった。

使用人たちからの聞き取りを終えた叔父は、ロブの受け入れ先を探すことを拒否し、その日のうちに屋敷を離れた。

地方に帰ったのではない。寝首を掻かれたくないからと、王都にある宿に行ったのだ。

すぐに孤児院に連れて行かず、一日の猶予《ゆうよ》をロブにあげたのは叔父なりの温情だったのかもしれない。茫然自失のロブを、アヴリルがこれ見よがしに嘲笑《あざわら》う。

「当然の結果ね。あたしだって、あんなみたいな偉そうにするしか脳のないガキを養おうなんてとても思えないもの」

「……アヴリルおねえさまのほうが、よっぽどわるいひとなのに」

ぽつりと吐露《とろ》されたが、アヴリルは余裕綽綽《よゆうしゃくしゃく》だった。

「あたしにはね、陛下という強い味方がいるの。あんたとは違う。ちゃんと見てくれている人はいるのねえ。ひょっとしたら、エイベル様が頼んでくれたのかしら」

キャッキャッ。わざわざロブの部屋ではしゃいでみせるアヴリル。

コンコン。

ノックに反応しないロブに代わり、アヴリルが「入っていいわよ〜」と明るく応じる。いつもとなんら様子が変わらないメイドが、失礼します、と部屋に入ってきた。

「お食事の用意ができました」

アヴリルが「あら、もうこんな時間になっていたのね」と、午後七時を示す時計を見た。

「ほら、ロブ。あんたにとっては最後の、豪勢な食事よ。思い残すことがないように、たーくさん食べなさい。今日は特別に、少しだけならあたしの分をわけてあげるから」

いらない。

ロブは断りたかったが、アヴリルの言うことが間違っていないのも理解していた。

孤児院の暮らしが具体的にどのようなものかは知らないが、確実に、今より質は何もかも落ちる。

わかっているからこそ、惨めだった。

「……ぼくがじぶんでみつけてやる」

「ん？　何か言った？」

アヴリルの馬鹿にしたような口調に、ロブが怒りを露わにする。

「ぼくがどれだけゆうしゅうか、みんなにしらしめて、むこうからようしになってくださいって、いわせてやる。こじいんは、せっきょくてきにようしえんぐみをしているはずだし、えらばれるのは、ぼくみたいなゆうしゅうなこだ！」

「へー、そうなの。頑張ってね」

「……アヴリルおねえさまより、ぜったいにしあわせになってやる！」

「はいはい。なれるといいわね」

アヴリルは手をひらっとさせ、一階の食堂に軽い足取りで向かった。

◇

――次の日。

時刻は、午前八時二十二分。

日の差さない、曇り空のもと。

国王の遣いの者が、ウェバー公爵の屋敷にアヴリルを迎えにやってきた。ロブを直接孤児院に送り届けるため、朝から屋敷を訪れてきていた叔父が玄関ホールにて、応対する。

「では、お願いします。アヴリル、ロブに挨拶はすませたのかい？」

「あたしもしたかったのですけど。あの子ったら、あたしだけ特別扱いなのがよほど悔しいらしくて、部屋に鍵をかけて閉じこもってしまったの。それとも単に、孤児院に連れて行かれるのが嫌だから、抵抗しているのかしら。執事が合鍵を持っているのだから、そんなことしても無駄なのに。あれのどこが優秀なのかわからないわ。お父様とお母様は、育て方を間違えたのね」

やれやれと、アヴリルが肩を竦《すく》める。

もはや余計なことは何も言うまいと、叔父は話題を変えた。

「荷物はなしでいいの？」

「ええ。お洋服もアクセサリーもまた買えばいいいし。このお屋敷にある物を持っていったりなんかしたら、変に思い出してしまって、嫌な気分になってしまうもの」

「……そう」

「もう行っていいかしら。あたし、あなたが嫌いだから、長々と話していたくないの」

「……それは悪いことをしたね」

「ええ、本当に。何もしてくれなかった冷たい使用人たちも、大嫌い。そう遠くないうちに仕返しに来てやるから、覚悟なさい」

捨て台詞を残し、アヴリルは国王の遣いの男性と共に屋敷を後にした。

外で待機していた馬車に、いそいそと乗り込むアヴリル。席に座るなり、扉は遣いの男性によって閉められてしまい、アヴリルは、あら、と小首を傾げた。

「あの人は、中に入らないのね。あたしと二人きりになることを、エイベル様に禁止にでもされたのかしら」

陛下の提案とやらを早く教えてもらいたかったが、仕方がない。

それは後の楽しみにとっておくとしよう。

一人で納得していると、馬車がゆっくりと動きはじめた。

(でも、どうしよう。エイベル様の婚約者になって、未来の王妃になれって頼まれたら)

ありえない話ではない。

むしろ、可能性は大だ——と、アヴリルの中では確信に近かった。

「エイベル様はあたししか愛せないし、そうなるわよね……」

王妃教育かあ。嫌だなあ。

憂鬱《ゆううつ》な気持ちで、それでもロブよりはマシかと、なんとか気分を浮上させる。

(そうよ。あたしが王妃になったら、救いの手を差し伸べなかったあの性格の悪い叔父に、復讐してやるんだから)

公爵家当主になろうが、王妃の方が偉いのよ。

ふん。アヴリルが腕を組む。

ぽつぽつ。ぽつぽつ。

微かな音に窓を見れば、雨が降り出していた。

「……嫌だわ。あたしの新しい門出だというのに」


——王宮に着くころには、雨は本格的な土砂降りとなっていた。


馬車は王宮前にとまったが、国王の遣いの男は中には入らず、こちらですと言って王宮をそれ、その裏側に向かいはじめた。

一本の傘に、アヴリルと男が入る。その傘は男が持っているため、アヴリルが仕方なくそれに従う。馬車を護衛していた兵士が二人、その後に続く。

「ねえ、どうして王宮に入らないの?」

「すぐにわかります」

「最低。スカートも靴も濡れちゃうじゃない！」

男は傘をアヴリルの方にできるだけ寄せているため、肩がぐっしょりと濡れていたが、アヴリルは気付く様子すらなく、文句ばかり垂れる。

「ああ、もうほら。あちこち濡れはじめたわ。あたしが風邪を引いたらどう責任をとるつもり？」

動揺一つ見せず、姿勢を崩さずに歩く男は、しらっとした態度で「もう少しで着きますよ」とだけ答える。

「――陛下の提案とやらを、早く教えなさいよ！」

「はい。ちょうど、到着しましたので」

男が歩みを止めた。

横を向き、ずっと男に噛みついていたアヴリルが前を向く。

目の前には、古めかしい大きな両開きの鉄扉があった。目線を上げれば、あいにくの雨空のせいか、てっぺんが見えないほど、その塔は高くそびえ立っていた。

「……これ、なに？」

「塔ですね」

男は適当ともとれる返答をしながら、鉄扉の前にいる兵士の一人に目配せをした。

兵士が鍵を開け、鉄扉に手をかける。

ギギッ。

軋《きし》む音と共に、重厚感のある右扉が開いた。

「さあ、中でエイベル殿下がお待ちですよ」

傘を閉じた男が、戸惑うアヴリルの背中を押し、中に入る。

「……エイベル様が、ここに？」

ばたん。背後で、扉が閉められた。続けてすぐに。


——ガチャン。


施錠の音がやけに大きく塔内に響いたため、アヴリルは肩を大きく震わせた。

「……どうして鍵を閉めたの⁉」

ここにきてようやく、様子がおかしいことに気付いたアヴリルが、男に食ってかかろうとした——が。一人の兵士がアヴリルを肩に担いだことで、その手は届くことなく空を切った。

「何するの？　離して！」

「エイベル殿下は、この長い螺旋階段《らせんかいだん》をのぼりきった先の部屋におられるのです。アヴリル様が自力でのぼられるのは、大変でしょう？」

男が先導をきるように、螺旋階段《らせんかいだん》に足をかけた。

兵士たちが、それに続く。

「いや、嘘！　嘘！　エイベル様がこんなところにいるはずないじゃない！　騙したわね！」

兵士に担がれながら、なんとか逃れようとアヴリルがもがく。兵士の背中を拳で叩くが、びくともしない。どころか、アヴリルの手が痛むばかりだ。

「いますよ。エイベル殿下は、この塔の最上階にある部屋に幽閉《ゆうへい》されていますので」

「……幽閉《ゆうへい》？」

アヴリルは兵士の肩に手を置き、無理やり身体を捻《ねじ》れさせ、男の方へ顔を向けた。

「……なんで？」

「それをあなたが聞きますか。呆れたものですね。心当たりが少しもないと？」

「え？　え？　もしかして、あたしと浮気したから？　たったそれだけで？」

「それだけ、ですか。国王ですら、不貞《ふてい》をすれば、国民から責められるというのに」

「……不貞《ふてい》だけで、幽閉《ゆうへい》されるの？」

「だけではないでしょう。あなたは、エイベル殿下と共に、アラーナ様を死に追いやりましたよね。もうお忘れですか？」

次の瞬間、アヴリルは不気味に目を見開き、首を捻《ひね》った。

「――ねえ、それ。何度も責められたけど、それだけのことで死んじゃうお姉様が弱すぎない？　貴族令嬢なのだから、夫に愛されないことくらい覚悟しておくべきでしょう？　というか、卑怯よね。自分だけ楽になって。おかげでお父様とお母様も変になっちゃったし。誰より責められるべきは、お姉様なのに。みんな、どうかしてるわ」

「あなたのご両親がそうなってしまったのはむしろ、アラーナ様が自害されてから後の、自身の行いのせいでは？」

「知らないわよ。少なくとも、あたしは何も関与してないわ。それなのに、あたしも幽閉《ゆうへい》しようっていうの？　犯罪じゃない」

「選んだのはあなたです」

「騙されたのよ！　知っていたら選ばなかったわ！」

「衣食住が保障され、愛するエイベル殿下と永遠に一緒にいられるのに？」

足を止め、振り返った男とアヴリルの目線が交差する。

「陛下の提案の理由は、まさにここでした。アラーナ様を犠牲にしてまで愛し合っていた二人が引き裂かれるのは、悲劇だと」

「陛下、が……」

「そうです。エイベル殿下が幽閉《ゆうへい》されたことは機密事項《きみつじこう》ですので、それを知ってしまったあなたは、もうここから出られません。代わりにあなたは、なんの努力もせず、明日の食べ物も気にすることなく、愛する人と生きられるのです」

「………」

もしも。一人で生きていくことを選んでいたら、あのいけ好かない叔父に頼るか、惨めに平民に交じって働くしかなかった。

（……確かに。それよりは）

大人しくなったアヴリルに、男は軽く口角を上げ、前を向き、ふたたび螺旋階段《らせんかいだん》をのぼりはじめた。

目的地に近付くにつれ、雨の音が次第に大きくなっていき、アヴリルはぶるりと身体を震わせた。

それが寒さからなのか、幽閉《ゆうへい》される怖ろしさからなのか。

アヴリルはわざと、思考を鈍らせた。

「着きました。この部屋です」

男が示した先に一つの鉄扉があった。塔の入り口にあったような両開きのものではない、片開きのもの。普通と違うのは、上部に小さな格子窓《こうしまど》があって、下部にも小さな窓があることだ。

上の格子窓《こうしまど》から、男が中の様子をうかがう。

「ちょうど良い。寝台で眠っておられるようですね」

懐から出した鍵で、兵士が鉄扉を解錠する。

そしてもう一人の兵士が、アヴリルを肩から下ろしたとき。

「……やっぱり嫌っっ」

青ざめた顔で、アヴリルはくるりと踵《きびす》を返した。実際に、エイベルが幽閉《ゆうへい》されている部屋の雰囲気の異様さを目の当たりにしたことで現実感が増し、怖じ気付いてしまったのだ。

行動を予想していた男は焦ることなくアヴリルの腕を掴み、抵抗をものともせずに引きずると、開いた扉の奥へと力尽くで放り投げた。

「エイベル殿下がどうして幽閉《ゆうへい》されるに至ったか。本人に、とことんまで訊ねるといいですよ。時間は嫌になるぐらい、たっぷりあるでしょうから」

男は笑みを浮かべていたが、それをふっと消した。

「申し遅れました。私の名は、エルマー・ラランド。あなた方のせいで精神を病みかけた、トマス・ラランドの父親です」

「……え？」

扉が閉まる瞬間、男は言った。

待って。

伸ばしたアヴリルの手は、施錠された扉に、ばんっと音を立てて弾かれた。

コツコツ。コツコツ。

三つの足音が、雨音に混じり去っていく。

「――アヴリル……？」

名を呼ばれ、勢いよく背後を振り返る。

そこには上体を起こし、目を見張るエイベルがいた。

「エイベル、様……」

アヴリルとて。決して、エイベルからされた仕打ちを忘れていたわけではない。

エイベルのためを思い真実を打ち明けた。なのに、エイベルは暴言を吐き、アヴリルを馬車から強引におろし、転倒させた。あげく国王に告げ口したせいで、こんなことになってしまった。

それでもアヴリルにとっては、人生ではじめて愛した人だったから。

アラーナより、誰より、大事にしてくれた。

そんな日々の積み重ねが、嫌な記憶を薄れさせた。

他に頼れる人がいなかったから、エイベルを心の拠《よ》り所《どころ》にするしかなかったことも、大きな理由ではあったのだが。

「あ、あたし。エイベル様と生きていきたくてっ」

騙されて来た、なんて言えず。

自分で選んで、エイベルを想ってここに来たと、アヴリルは訴えた。

もう一度、抱き締めてほしかったから。

「……そうか」

寝台からおりたエイベルはアヴリルに駆け寄ると、震える身体を愛おしそうに抱き締めた。

アヴリルは「エイベル様……っ」と、感極まったように愛しい人の名前を呼んだ。


——一方のエイベルは。


たった、六日。

たった一人で、この部屋で。

六日を過ごしただけで、精神が参っていた。

人の気配を感じるのは、一日三回。扉の下の小窓から食事が差し出されるときのみ。

会話もしてくれないから、暇を持て余す以上に、孤独だった。

これまでは、常に誰かが傍にいて、人に囲まれることの方が多い人生だったから。

誰でもいい。傍にいてくれ。会話をしてくれ。

ただひたすらにそう願っていたから、目を覚ましてアヴリルの姿が視界に入ったとき、幻覚を見ているのかと本気で思った。

抱き締めると確かな温もりが感じられて、エイベルは泣きそうになった。

アラーナ同様、ウェバー公爵夫妻のことも、アヴリルのことも、エイベルは恨んでいた。こんなことになってしまったのは、あいつらのせいだと。

でもそれ以上に、アヴリルが幽閉《ゆうへい》されることを知りながら——実際は違うのだが——エイベルと共にあることを選んでくれたことに、感激していた。

「……ありがとう」

恨みはしたが、一度は愛した相手だ。他の誰かと二人きりになるより、はるかに良かった。

互いに願いが叶った瞬間。

二人の気持ちは高揚《こうよう》し、深く長い口付けをしてから、寝台で身体を求め合い、重ね合った。


——最初は良かった。仲良くやれていた。


互いに、互いしかいないのだからと、珍しく二人は我慢をしていた。

それでも二人の気質は変わらない。

すぐ怒り、苛つく。人を見下し、嘲笑《ちょうしょう》することに喜びを感じる。

ストレス解消の捌《は》け口は、自分より弱い者を虐めること。何かあればすぐに人のせいにする。

似た者同士の二人が、他に誰も干渉することのない部屋に幽閉《ゆうへい》されている。

一生、ここから出られない。

その事実が、心を蝕《むしば》んでいく。

寝て起きて。食べて。暇つぶしにできることは、身体を重ね合うことだけ。

他の者がいれば、ストレス解消の捌《は》け口はその人に向いていただろう。

でもここには、エイベルとアヴリルしかいない。


——そして。


エイベルとアヴリルとでは、エイベルの方が圧倒的に力もあるし、強かった。

「——こうなったのは、お前のせいだ！」

苛々が募り、とうとう我慢ができなくなった、ある日。

エイベルはアヴリルを罵《ののし》り、頬を打った。平手ではない。拳でだ。

手加減なしの拳に、奥歯が折れたようで、アヴリルの口の中が血塗れになる。口からボタボタと落ちる血に、エイベルが「床を汚すな！」とアヴリルを蹴った。

「……あ、あ……」

目を見開き、アヴリルが手のひらで血を受け止めようとする。でも、指の隙間から血は滴っていく。こちらを睨み付けてくるエイベルが悪魔のように見えて。

アヴリルは声にならない悲鳴を上げた。

『……アヴリルおねえさまより、ぜったいにしあわせになってやる！』

気を失う瞬間。脳裏を過ったのは、ロブの台詞で。

（ふざけないで。あたしがこんな地獄を見ているのに、あんただけ幸せになるなんて。絶対にさせない……っっ）

人の幸せを願えないアヴリルは、ロブの不幸を願いながら、意識を手放した。

◆

——時は、少し遡る。


王都の教会に併設された孤児院を、少し離れた場所から、ロブは虚ろな目で見上げていた。

「話しは、昨日のうちに通しておいた。寄付もしておいたから、悪いようにはされないだろう」

巫山戯《ふざけ》たことをぬかす隣に立つ叔父を、ロブは睨み付けた。

「それでおんをうったつもりですか？　さいていですね。ぼくをみすてたくせに」

「なんとでも」

叔父はさらっと流しながら、孤児院の門扉を開けた。

「ああ、院長。ちょうどよいところに。ロブを連れてきました」

「あらあら。時間ぴったりですね」

庭掃除をしていた、優しげな雰囲気をまとう中年の女性が手を止め、微笑んだ。

「この孤児院の、院長さんだよ」

叔父が紹介するも、ロブはしらっとしたまま。

「いんちょうせんせいは、このおとなを、どうおもいますか。こどもをすてておいて、へいきなかおをする、このおとなを」

院長が返答に困っていると、叔父が「まあ、昨日も話した通り、こんな子です」と言った。

「は？　なんですかそれ。どうせ、あることないことふきこんで、ぼくをふこうにするつもりだったんでしょう。こころからあなたをけいべつします」

「……大人もね、人間なんだよ」

「しっていますよ。ばかにしているんですか？」

「きみが私を嫌いなように、私もきみが嫌いってことさ」

「お、おとなはこどもをそだてるぎむがあるはずです！」

「きみは私の子どもではないよ――さて。最低限の大人の義務は果たした。私はもう行くよ」

「どこがはたしたといえるんですか。ばかじゃないんですか。それでこうしゃくけのとうしゅになれると、ほんきでおもっているんですか？　ぜったいに、ぼくのほうがふさわしいのに！」

背中にロブが皮肉るが、叔父は振り返ることなく、元来た道を歩いて戻って行った。

「………いっしょう、うらんでやる」

呪いの言葉を吐くロブを、院長が困惑の表情で見詰めていると、孤児院の中から大勢の子どもが飛び出してきた。

「いんちょうせんせー」

「おそうじおわったよ」

「あ、そのこがあたらしくここにすむこ？」

数は、十人ほどだろうか。ロブより年下もいれば、年上もいた。

ヨレヨレの服をまとう、手入れがされていない身体。鼻水を垂らしている子どもまでいて、その子どもたちの仲間の一員になることに、ロブはぞっとした。

「ぼくはおまえたちとはちがう！」

突然の叫び声に、その場がしんと静まり返った。

媚《こ》びへつらうことはロブの得意とするところだ。

でもそれはあくまで、自分が上と認めた者。

もしくは、そうすることによって自分が優位に立てると判断したときのみ。

「いいか。ゆうしゅうなぼくはすぐに、きぞくのようしになるんだ。ていぞくでむのうなおまえらとは、すむせかいがちがうんだ！」

はあはあ。

肩で息をするロブを、一人の女の子が指さした。

「いんちょうせんせー。あのこ、なにいってるの？」

馬鹿にされたと感じたロブは、その女の子の頭を叩いた。

自分より弱くて小さい者には容赦《ようしゃ》がない。

その気質はアヴリルと同じだった。

出会いが最悪だったため、子どもたちはロブを避けた。それでもなんとか孤児院に馴染めるようにと、院長はロブに寄り添い、ときには褒め、ときには叱った。

しかし、ロブのプライドは異常なほど高く、院長の言葉も行動も、何も響くことはなかった。

そのまま大きくなってしまったロブの傍には、誰も居らず。

孤独なまま、誰に惜しまれることなく、ロブは孤児院を巣立つことになる。

第四章

季節が、秋から冬に変わろうとするころ。

アラーナとテレンスは、ミラルバ王国の最南端にある、シトウル地方の都市にいた。

都市の中心部には大きな中央広場と市庁舎があり、そこから放射状に街路が延びている。

屋台や露店が並ぶ街路に、貴族や富裕層御用達と名高い、一際目立つ宝飾品店がある。

そこに、アラーナとテレンスは働いていた。

この店のオーナーであるアラベスク伯爵に、是非にと誘われたことがはじまりだった。


――出会いは、ひと月前。


街道を幌馬車《ほろばしゃ》で移動していたアラーナとテレンスは、アラベスク伯爵の乗っている馬車が、賊《ぞく》に襲われているところに遭遇した。

むろん、護衛の男たちはいたが、少し劣勢《れっせい》だったのでテレンスは加勢することを決めた。心配しつつも、アラーナもそれに賛同してくれたので、テレンスは一人、馬車を降りた。

見事、なんの被害もなく賊《ぞく》を追い払うことに成功したアラベスク伯爵は礼を述べつつ、テレンスの腕をとても賞賛してくれた。

「もし良かったら、私が経営する店の警備員として働いてみないか？　君なら容姿も良いし、店の顔としてぴったりだ」

思ってもみない申し出にテレンスは目を丸くした。

アラベスク伯爵が、にやりと口角をあげる。

「君の剣には、どこか品がある。言いたくないなら詳しくは聞かないが――元、貴族だったりするのかな？」

見透かされるような瞳に思わず息を呑むテレンス。

アラベスク伯爵は、はは、と笑った。

「商売柄、観察が趣味でね。今も、背筋はつねにぴんとしているし、所作も綺麗だ。これなら貴族相手でも、大丈夫だろう」

どうかな。問われ、テレンスは冷静に考えを巡らせてみた。

相手も――いや、目の前の相手こそ所作に品のある、四十代後半の男性。馬車も平民のそれとは違う、綺麗な細工が施されたもの。護衛の数も多い。

（……貴族なのは、間違いないようだけど）

常に疑うことは怠《おこた》らないつもりだが、所持金にもやがて限界がくる。

これは、千載一遇《せんざいいちぐう》のチャンスではないかと考えた。

「あの、私には連れがいまして。一人では決めかねるので、ここに呼んででも？」

「もちろんだよ。後ろの幌馬車《ほろばしゃ》に乗っているのかい？」

「はい」

テレンスが幌馬車《ほろばしゃ》に駆け寄り「アラーナ。もう出てきていいよ」と声をかける。すると、荷台に丸まり、頭から毛布を被っていたアラーナが、ひょこっと顔を出した。

「お、終わった？　怪我はない？」

「ないよ、ありがとう。それでね――」

テレンスは、アラベスク伯爵から受けた提案をざっと説明してみせた。アラーナはこくりと真剣に頷き、テレンスの手を借りて、幌馬車《ほろばしゃ》の荷台からおりた。

手を繋いだまま、こちらに戻ってくるアラーナとテレンスの姿に、アラベスク伯爵は、おやと頬を緩めた。

「もしや、駆け落ち中だったりするのかな？」

テレンスは「違います」とにこやかに答えながら、アラーナの手を離した。

あきらかにがっかりした様子のアラーナに、アラベスク伯爵は、横、横、とテレンスに言いたくなったが、野暮《やぼ》かと思い口をつぐんだ。

「先ほどのお話ですが。詳細を教えていただいてもよろしいでしょうか」

二人の関係は気になったが、綺麗にそれを隠し「もちろんだとも」と、テレンスに笑みを向けるアラベスク伯爵に、アラーナが不安そうにしながらも、意を決したように「あ、あの……わたしも……っ」と視線をぶつけてきた。

しかし、アラーナは言葉を切った。

顔を伏せ「……なんでもないです」と、ゆるりと頭を下げる。

アラベスク伯爵は、へえ、と食い入るようにアラーナを注視した。

「君も、姿勢と動きが優雅《ゆうが》で、とても綺麗だね」

その言葉に、テレンスは誇らしげに「私など、足下にも及びませんよ」と笑った。

「それに。アラーナはとても努力家で、知識も豊富で。ミラルバ王国と友好関係にある四つの国の言葉も話せます」

とたん。アラベスク伯爵の纏う雰囲気が変わった。

「……それはまた。友好国からの客も多い私の事業では、原石どころか、宝石そのものではないか。私が誇る部下の中でも、そこまで言葉を操れるものはいないよ？」

「で、では。あのっ」

興奮するアラーナの目は、嬉しさと期待に満ちていた。

ふむ。アラベスク伯爵はアラーナの肩にぽんと手を置き、じっくりと不思議そうに顔を覗き込んだ。

「詳しくは面談をしてからだが。こちらこそ、是非ともお願いしたいね。しかし――」

不安げに、アラーナが「な、なんでしょう」と、胸の前に拳をつくる。

「君は、こんなに美しくて優秀なのに。どうしてそんなに自信を持てずにいるのかな？」

「……。……。……え、と」

困惑が隠しきれないアラーナと、アラベスク伯爵の間にすっと割って入ってきたテレンスが、アラーナの肩からアラベスク伯爵の腕をそっとおろした。

「彼女が美しくて優秀なことについて否定はしませんが、初対面のレディの身体に触れるのは、あまり紳士的ではないのでは？」

「おお。これはこれは、失敬」

いいえ。穏やかに答えるテレンスの背中を、アラーナがまじまじと見る。

（……否定、しないんだ）

そっか。

それは嘘かもしれないのに、わかっているのに、アラーナの心はなんだか少し嬉しくて、くすぐったかった。

◇

テレンスとの二人旅は、楽しかった。

いつかくる終わりだけが怖かったけれど、テレンスを独り占めしているみたいで、申し訳なさもありつつ、それを上回る嬉しさがあった。

身体的には確かにきつかった。

馬車で移動する日々は、全身が軋《きし》み、強張り、お尻の感覚が次第になくなっていった。

いつでもお風呂に入れるわけではないし、水も食料も限りがあるから、お腹いっぱい食べるわけにはいかない。

数えるほどだけど、野宿もした。

でもアラーナは、野宿にあまり嫌な思い出はない。むしろ、また野宿をしたいほどだ。

テレンスは見張りで眠れないから、こんな身勝手なことは口が裂けても言えないけど。

最初は、地面に毛布を敷いて、リュックを枕にして、アラーナは焚《た》き火の傍で寝ていた。

でも、顔に虫がのぼってきて、思わず悲鳴を上げてしまった。それはすぐにテレンスが取ってくれたが、青い顔で固まるアラーナに、テレンスが迷いながら提案してくれたのが——所謂《いわゆる》、膝枕だった。

最初は照れくさくて、ありえないほど緊張した。胸が高鳴りっぱなしで眠れなかったけど、生まれてはじめての体験に頬が緩みまくっていた。

それから野宿をするたびに、テレンスに膝枕をねだった。

困りつつも了承してくれるテレンスに、アラーナは甘えた。嫌われないかという心配もあったが、甘えたい欲が、受け入れてくれる嬉しさが、それを上回った。

けれど、もうすぐ冬が訪れる季節となってしまった。

冬に旅など、自殺行為だ。野宿など、もってのほか。凍死してしまうから。

——しばらくどこかの街に留まろう。

そんな会話をしていた矢先での提案だったので、アラベスク伯爵との出会いは渡りに船だった。

テレンスの腕を評価してくれたことも、アラーナは純粋に嬉しかった。

加えて、アラベスク伯爵が経営する宝飾品店は、ちょうど王都より離れた場所にある、シトウル地方にあった。その都市は、まさにアラーナたちが次の目的地としていたところだったので、アラベスク伯爵が乗る馬車に同行させてもらった。

移動途中での休憩時や、宿で、アラベスク伯爵とテレンスは、積極的に会話をしていた。


――互いに、信じるに値する人物かどうかを見極めるためだろう。


アラーナは、下手に話したらボロが出てしまいそうで、相槌《あいづち》を打つだけに留めていた。世間知らずなのは自覚していたし、なにせ相手は、伯爵の地位にある人だったから。

しかし、幾度かの会話の中で、アラベスク伯爵にたいする緊張は、徐々に薄れていった。

アラーナとテレンスの過去のことについて、アラベスク伯爵が問うてくることは一度もなかったし、どうであれ、二人を優秀な人材と認め、必要としてくれているのは、ひしひしと伝わってきていたから。

アラベスク伯爵が一緒だったこともあり、通常ならば通り抜けるのに時間がかかるはずの城門をあっさり通過したアラーナとテレンスは、さっそく宝飾品店に案内された。

それは、貴族相手にも商売しているとあって、まわりのどの店より、一回りも二回りも大きくて立派な、かつ目立つ、三階建ての建物だった。

「もうすぐ日没で、閉店時間だから。ちょうどいいな」

アラベスク伯爵は、店の前に立つ警備員の二人に「ただいま」と声をかけてから、店の扉を開けた。広々とした店内は、宝石や貴金属だろう光が、そこかしこにキラキラと輝いていた。

その中で、掃除をしたりお金を数えたりしていた十二人の男女が一斉にこちらに注目した。

「あー、お帰りなさい。オーナー。いい品物、見つかりました？」

「品物もいい人材も、両方見つけてきたよ」

伯爵の地位にあるアラベスク伯爵に、気軽に話しかけてくる従業員たち。

仲が良さそうで、その光景を目にしたアラーナの緊張が和らいでいく。

偉そうに見下してくる人たちには、軽いトラウマがあったから。

（貴族と関わることは少し心配だったけれど……よかった。アラベスク伯爵は、ちゃんと優しい人みたい）

「……オーナー。まさかその美男美女じゃないでしょうね。顔で選ばないでくださいよ。うちは貴族も相手にするんですから、それだけじゃダメでしょう」

三十歳に届かないぐらいの女性の呆れた物言いに、アラベスク伯爵は自慢気に腰に手を当てた。

「ところがだね。彼は賊《ぞく》を簡単にのしてしまえるほどの腕の持ち主だし、彼女は、ミラルバ王国と友好関係にある四つの国の言葉を話せるんだ」

「す、すごっ！」

店内が一気にざわつく。

アラベスク伯爵はふふんと鼻を鳴らしてから、アラーナとテレンスに向き直った。

「と、まあ。店と従業員の雰囲気はこんな感じだよ。他にも、今日はお休みだったり、職人だったり、短時間勤務の従業員がいたりするんだけど」

「みなさん、とてものびのびと働いておられますね」

流れる空気感に安堵したように、アラーナは笑みをこぼした。

「そうならいいな。客がもういないからという理由もありそうだけど――さて、私も君たちも疲れているだろうし。みんなとの正式な顔合わせはまた明日にしようか。ところで、今日はどこに泊まる予定かな。よければ従業員用の部屋が空いているから、そこに泊まるかい？」

「いいんですか？」

テレンスにお金を使わせずにすむという理由から、アラーナが真っ先に反応した。

「もちろん。この建物、一階は店舗だけど、その上はすべて、従業員用の住居スペースになっているから」

「私、案内しましょうか？」

一人の若い女性従業員が申し出ると、アラベスク伯爵は、頼むと軽く手を上げた。

「私も移動ばかりで疲れた。屋敷に戻って休むとするよ。じゃあ、アラーナさん、テレンスさん。また明日」

「「はい」」

二人仲良く丁寧に腰を曲げると、アラベスク伯爵は優しい笑みを浮かべ、店を後にした。

案内役を買って出てくれた女性に「お二人は恋人同士ですか？」と軽い口調で訊ねられたアラーナとテレンスは揃って、違いますと答えた。

そして同時に、胸をずきりと痛ませていた。

互いが互いに特別な存在だという自覚はあるし、好きなのは間違いない。

だがそれが恋愛感情だと認めてしまっていいのか。二人きりとなってしまった過程が特殊で、わからない。

というより、アラーナは自信が持てないまま、ここまできてしまった感じだ。

アラーナにしてみれば、テレンスは責任感が強くて、死を望んだアラーナを生かしてしまった負い目があるからこそ一緒にいてくれる、という思いがどうしても拭えずにいる。

カステロ伯爵の件で、恩も感じてくれているらしいから、なんだか余計に申し訳ない気持ちになる。

そんなテレンスを、さらに縛ることなんてできない。

もっと自由に、ちゃんと愛した人と恋愛をしてもらいたい。

そのときがくれば、笑顔で離れる覚悟はできている。

――多分。

（……もし本当に、わたしがお金を稼げるようになったら、テレンスにこれ以上、迷惑をかけずにすむ）

けれどそれは、テレンスとの別れを意味するのではないか、なんて。

頭の片隅で思ってしまっていた。

◇

一方のテレンスは。

アラーナが頼れるのは、自分しかいない。

その状況を結果的につくり出してしまったのが他でもない己のため、アラーナの好意を——それが恋愛感情ではないにしても、素直に受け取ることも、確かめることもできずにいた。

（ここに定住するようになって他の人たちと交流を持てば、心の余裕ができて、私から離れることも、きっと怖くなくなる）

公爵令嬢と護衛という立場だったときは、護ってあげたい、その一心だった。

でも、身体ではなく心を傷付けられていくアラーナに、何もしてあげられなかった。それが歯がゆくて、悔しくて、思い返しても胸が苦しくなる。

ただ、そのとき一人の女性として好きだったのかと問われれば、わからない、というのが正直な気持ちだった。あの時の彼女は公爵令嬢で、王太子の婚約者だったから。

そもそも、そんな気持ちを抱くことすら許されてはいなかった。

では、今はどうなのだろう。


――ただのアラーナとなった彼女を、私は。


「着きました。この部屋と右隣の部屋が空いていますので、自由に使ってください。いつ新しい方が来てもいいようにと、定期的にみんなで順番に掃除はしていましたので――」

振り返った女性従業員が、口を半開きにしたまま停止したので、アラーナとテレンスは首を捻《ひね》った。

「どうかしました？」

テレンスが不思議そうに訊ねると、女性従業員は「い、いえ」と両手を左右にふりながら、テレンスの服の裾を当たり前のように握るアラーナをちらっと見た。

アラーナは、意味がわからないようにキョトンとしている。

（……無意識？　この二人、この距離感で付き合ってないんだ。兄妹なら、兄妹っていうはずだしなあ）

このように。

端から見れば、二人が恋人同士でないことの方が違和感を覚えるぐらいだった。

それでも、好きだと伝えること。付き合うこと。

人によってはは容易なことでも、当人たちにとってそれは、とても難解なことだった。

◇

アラベスク伯爵に正式に雇用《こよう》され、宝飾品店で働くこと、二ヶ月。

ミラルバ王国の友好国――ターアイ王国の富裕層がシトウル地方には何人か住んでいる。

冬という季節柄、旅行客は少ないが、その富裕層たちが月一、二回の頻度で来店する。彼等は宝飾品店にとって大事な常連客で、友好国の最新の流行を知るといった意味でも、とても重要な客人だった。

これまでは、他の従業員たちと片言で会話していたのだが、完璧に自国の言葉を操るアラーナに、ターアイ王国の民はいたく感激していた。

「常連客がね、本当に嬉しそうにしていたんだ。君のおかげだよ、ありがとう。春になれば、もっともっと活躍してもらうから、覚悟しておいてね」

アラベスク伯爵からの賛辞《さんじ》に、アラーナが少し誇らしげな顔をする。

宝飾品店で扱う宝石や貴金属も、平民である他の人々に比べれば遥かに詳しく、さらに秀才のアラーナは、すぐに他の従業員と遜色《そんしょく》ないほどの知識を得ていった。

接客だけはぎこちなかったが、それも二ヶ月も過ぎれば多少は慣れてきた。

礼節《れいせつ》に厳しい貴族の評判もよく、エイベルと家族によって剥ぎ取られていった自信を、少しずつ、少しずつ、取り戻していっているようで。

それでもテレンスとの関係は停滞したままだった。

「――ねえ、アラーナさん。明日の定休日、何か予定ある？」

客足がふいに途絶えた店内で、はじめてここを訪れた日に部屋まで案内してくれた、若い女性従業員――アラーナより四つ年上のノーリーンが話しかけてきた。

「明日ですか？　特に何も……テレンスと街にお買い物に行くぐらいでしょうか」

さも当然のように答えてはいるが、ノーリーンにしてみれば、テレンスさんと休日を過ごすことは決まっているんだ、と突っ込みたくて仕方がなかった。

「買い物に行く前でも後でもいいから、二人でお茶しない？　よければ、美味しいケーキを出す穴場のお店に案内してあげるよ。私、ゆっくりアラーナさんとお話ししてみたいなって思ってたんだ。最近まで、仕事に慣れるのに必死だったみたいだし、休みの日も疲れて動けないだろうなって遠慮してたんだけど……アラーナさん？」

アラーナはなぜか、目を点にしていた。

「……わ、わたしで、いいんですか？」

「私から誘っているんだから、もちろん」

「ぜ、ぜひ。あ、ちょっとだけ待ってもらってもいいでしょうか」

「うん。でも、どうしたの？」

「テレンスに、一人で外に出るのを禁止されていて……ノーリーンさんがいるから一人ではないんですけど、一応、確認しておこうかと」

「そ、そうなんだ」

アラーナが、店内にいるはずのテレンスの姿を捜す。外で警備する者とは違い、テレンスは店内を見回る役で、ときには接客もしていたから。

ノーリーンが少し離れた場所から見守る中。アラーナがテレンスと会話する。

少し経ってから、アラーナとテレンスが揃ってノーリーンの元にやってきた。

「送り迎えしてくれることになりました！　ノーリーンさんは確か、この上には住んでいませんでしたよね？　どこで待ち合わせします？　あ、時間はノーリーンさんにお任せします。私はいつでも大丈夫ですので」

目を輝かせるアラーナに、アラベスク伯爵から訳ありとだけ聞かされていたノーリーンは、ごちゃごちゃと考えることを止めた。

（……この辺は街の中心に近くて治安もいいけど、どこに悪い奴らが潜んでいるかわからないものね。アラーナさん、すごい美人だし！）

正しい判断だわ。

ノーリーンは一人で納得し「それじゃあ……」と、待ち合わせ場所と時間を指定した。

◇

そして迎えた休日。

アラーナに「二時間後に迎えにくる」と告げて、ノーリーンに「よろしくお願いします」と頭を下げたテレンスは、喫茶店《きっさてん》を振り返ることなく元来た道を引き返していった。

「大事にされているね」

ノーリーンは隣に立つアラーナに笑いかける。

すると、先ほどまでご機嫌だったはずのアラーナの表情が、少し陰った。

「……早く解放してあげたいんですけど」

そう言って、寂しそうに微笑んだ。

なんの気なしに出た言葉だったが、触れてはいけない部分に触れてしまったような気がして、ノーリーンは自分の迂闊《うかつ》さに後悔した。空気を変えようとわざと明るい口調で「あー……と、とりあえず、中に入ろうか」と、ノーリーンは店の扉を開けた。

慣れていないアラーナに代わり、ノーリーンが二人分の注文をまとめてしているあいだ、アラーナはノーリーンの左手の薬指に光る指輪に関心の目を向けていた。

「これ、気になる？」

店員とのやり取りを終えたノーリーンは、笑いながら左手を顔の横に上げた。

「はい。その指輪、とても綺麗ですね」

「ありがとう。オーナーがね、結婚のお祝いだって、すごく安くしてくれたの」

「ああ、やっぱり結婚されていたのですね」

「うん、そう。結婚と同時に、店の上から引っ越したんだ。狭いけど、中庭もある一軒家だよ」

「わあ、素敵」

目をキラキラさせるアラーナに、正面に座るノーリーンは「実は、駆け落ちしてきたんだ」と、声を潜めつつ身を乗り出した。

アラーナが目を丸くする。その表情がなんだか子どもみたいで可愛らしくて、ノーリーンは元の席に座り直し、にっこり笑った。

「夫との仲を、親がどうしても認めてくれなくて。逃げてきちゃった」

「……そうだったのですか」

「うちのオーナー。人柄と能力さえあれば、過去は気にしない人だから。自然とそういう人が集まってきちゃうんだよね」

「……確かに。細かいことは気にされない、大らかな方ですね」

「だから私たち従業員も、過去のことはあまり詮索《せんさく》しない。ってのが、暗黙のルールになっているの」

「そうなのですね。気を付けます」

「大丈夫だよ。むしろアラーナさんは、気を使いすぎなぐらい……」

ノーリーンはそこで言葉を切り、頬をぽりっと掻いた。

「こんなこと言っておいてあれだけど、少しだけ、首を突っ込ませてもらってもいい、かな」

「はい、なんでしょう」

「……テレンスさんとのこと、なんだけど」

ぴくん。

アラーナは、動揺したように肩を震わせた。

「ご、ごめん。言いたくないなら、言わなくても全然いいんだけど……私たちからしたら、二人は相思相愛にしか見えなくて……なのに頑なに否定するのは、どうしてかなって」

やっぱり止めておこうか。

迷いつつ、ノーリーンは続けた。

アラーナが、何かを吐き出したいように見えたから。

「よければ相談にのるよ？　話せる範囲でいいから。誰にも秘密ってなら、私は絶対に誰にも言わない。信じて」

数秒間、のち。

「……テレンス、は」

「うん」

「テレンスは、わたしに恩と罪悪感があって……だから傍にいて、護ってくれているだけで……そんな、相思相愛とかではないです」

うっ。

想像よりずっと複雑そうで怯みそうになる。

どこまで踏み込んでいいのか、加減がわからない。

「よくわからないけど……もし恋愛感情がないなら、テレンスさんはアラーナさんが別の男性と結ばれて、幸せになることを願うはずじゃないかな。でもテレンスさんは、アラーナさんに近付く男性を、片っ端から排除《はいじょ》していっているように見えるけど」

「それは……よく知らない人だから？」

「……な、なるほど、一理あるかも。じゃあ、私の夫の友だちを紹介してみるなんてどうかな？」

お節介《せっかい》なのはわかっている。

でも、ノーリーンには、二人の関係について尋ねる理由があった。

どう考えても両想いだろうと確信している宝飾品店の従業員たちは誰一人として、アラーナとテレンスにアプローチをしていない。

しかし、普段の二人を知らない客となると、話は別だ。

恋愛に疎《うと》く、初々しい上に、とびきり美人なアラーナに声をかける男性客は多い。

手が空いていればテレンスが速やかにあいだに入るが、いつもそうとは限らない。そんなときは気付いた従業員が助けに入ったりするのだが――恋人同士ならこちらもはっきりと、アラーナには付き合っている人がいますのでと相手に伝えられるが、それが言えないもどかしさたるや。

幸い、今は大きなトラブルになったことはないけれど、これからもそうとは限らない。

断ったとて、強引な人は男女問わずいるものだ。

テレンスもよく言い寄られたりしているが、彼の場合は慣れているのか、いつも上手くかわしている印象だ。

しかし、いつか誘いに乗ってしまうのではないかと、やきもきしていたりする。

要するに、従業員たちはハラハラして仕方がないのだ。

もし本当に両想いだとして——どうにもならない理由がある場合は別だが——すれ違いだけで一緒になれないのは、哀しすぎるから。

とりあえず、アラーナさんに話を聞いてみたらどうか。

従業員たちで話し合った結果、アラーナと一番年が近い同性のノーリーンが、その役に選ばれたのだった。

「……それは、テレンスを試す感じですか？」

「あ、やっぱりよくないよね。ごめん」

「……いえ。少し、興味深かったもので」

思いのほか真剣なアラーナに、こういうのはありなんだと、ノーリーンは少し肩の力を抜いた。

「……的外れなことだったらごめんね。もしかしたら、お互いがお互いの気持ち、決めつけたりしてないかな？」

アラーナは瞠目《どうもく》していたが、不快に思っている感じはなかったので、ノーリーンは内心ほっとしていた。

だから、ストレートに聞いてみることにした。

「アラーナさんは、テレンスさんが好き？」

これにアラーナは、意外なほどあっさり「はい」と頷いた。

「それじゃあ、自分の片想いって考えているの？」

「……あ、の。好きは好きなのですが、それが恋愛感情なのかが、よくわからなくて」

ノーリーンが、そっかあ、と頬を緩める。

アラーナたちの詳しい事情はわからない。

おそらく、その詳しい事情とやらは、今後も語られることはないだろう。

でも、自分の気持ちが恋愛感情なのかわからないと悩む目の前のアラーナに、きっと嘘はないと確信に近いものがあった。

だからこそ、力になってあげたいと思った。

「でもね、そんな複雑に考えなくていいんだよ。例えば、テレンスさんとずっと一緒にいたいと思う？」

「はい」

「それじゃあ……テレンスさんに触れたいって思ったことは？」

これにアラーナは、控え目に小さく、こくりと首を上下に動かした。

「テレンスさんが他の人と――特に女の人と話しているとき、モヤモヤしたり寂しくなったりしない？　こっちを見てほしいなーって」

「ど、どうしてわかるんですか？」

「だって全部、私が夫に思っていることだもん」

「それが、恋愛感情ですか？」

ノーリーンは、うーんと首を捻《ひね》った。これに明確な答えがあるわけではないが、アラーナには肯定が必要に見えたから、そうかもと呟いてみせた。

アラーナが椅子の背もたれに体重を預け、ほう、とゆっくり息を吐く。

自分の中で、気持ちを整理しているように見えた。

「好きだっていう自覚はあるんだから、難しく考えないでいいんじゃないかな。二人がすれ違ったまま、どちらかが傷付くことになったら、嫌だなって思うから」

お待たせしました。

店員が、注文したチーズケーキと紅茶を、それぞれアラーナとノーリーンの目の前に置いた。

ノーリーンは、美味しそうと感想を述べてから、アラーナに向き直った。

「言葉にしないと伝わらないよ。私はそれで、今の夫を失うところだったから」

そう言って、ノーリーンは、アラーナに優しく微笑んでみせた。

◇

もしも、頼れる優しい姉がいたとしたら。

こんな感じだったのだろうか。

ノーリーンを前にして、アラーナはそんなことを、ふと考えてしまった。

「ノーリーンさんは、幸せですか？」

「もちろん。愛する人と一緒にいられるんだからね」

心からの笑みに、アラーナの胸まで温かくなる。

これまで教わってこなかった大事なことを、ノーリーンからたくさん学べた気がして。


――テレンスはわたしに恩と罪悪感があって。だから傍にいて、護ってくれているだけ。


（……本当に？）

『もしかしたら、お互いがお互いの気持ち、決めつけたりしてないかな？』

言われてはじめて、気が付いた。

（……わたし、怖くて確認してない）

無意識に逃げていた。

解放してあげたいなら、それこそ言葉にしなければならなかったのに。

（テレンスが向けてくれる好意がわたしと同じかどうか、確認しなくちゃ。もし違ったとしても、わたしもテレンスも、きっと前に進める）

お金を稼げるようになった。頼りないが、テレンスがいなくても、どうにか生きていける。

わたしはもう一人でも大丈夫だからと、今なら胸を張れる。

失恋しても、新しい恋を見つければいい。

それはきっと、簡単ではないだろうけど。

自分のためにも。テレンスのためにも。


——アラーナはテレンスに、想いを伝えることを決意した。


ノーリーンと喫茶店《きっさてん》の前で別れたアラーナは、迎えに来てくれたテレンスに「大事な話があるの」と言った。

あまりに真剣で、なおかつ緊張もしているアラーナの様子に、テレンスが息を呑む。

「……な、に？」

「ここでは人の目があるし……一度、テレンスの部屋に行ってもいい？」

「それは……いいけど」

「じゃあ、行きましょう」

珍しくも、アラーナがずんずんと前を歩く。

普段なら、並んで歩くのに。

（いったい、ノーリーンさんと、どんな話を……？）

まったく想像がつかないテレンスは、頭に大量の疑問符を浮かべたまま、アラーナの後ろを付いて歩きはじめた。

◇

宝飾品店の上にある従業員のための住居は、居間と台所と食堂を兼ねた部屋と、小さな寝室がついている。テレンスとアラーナの部屋はそれぞれ別々に与えられていたが、食事のときなどはもちろん、特に用がないときも、二人は常に一緒にいた。

アラーナが無言でテーブルの前の椅子に座ると、テレンスもつられるように、いつもの正面の席に腰を下ろした。

何がはじまるのかと身構えるテレンスに、アラーナは覚悟を決めて、すうっと息を吸った。

「――わたし、テレンスが好き。ただの好きじゃなくて、ふ、触れたいとか思ったり、嫉妬《しっと》したりする、好き、で」

アラーナは辿々しく、それでも一生懸命伝えようとする。

「わ、わたしはテレンスを、恋愛対象として見ているの。テレンスは、ど、どう？」

アラーナは震えていた。

同時に、自分の顔が赤くなっていくのを感じる。

恥ずかしさと、これまでの関係が終わってしまうかもしれないという恐怖からだった。

テレンスをちらっと見れば、鳩《はと》が豆鉄砲《まめでっぽう》を食ったような顔をして、固まっていた。

（……これは、ど、どっち？）

少なくとも、喜んでいるようには見えなくて。失恋する可能性が高くなったことから、アラーナは逆になぜか、少しだけ冷静さを取り戻すことができた。

しばらくして。

「……テレンスがわたしに、恩と罪悪感があるのは知っている。だから傍にいて、護ってくれていることも。でも、恩なんかとっくに返してもらっているし、そもそもわたしは恩を売ったつもりはなくて……罪悪感も、むしろわたしが背負うべきことなのに……甘えて、これまで縋《すが》ってきたの。ごめんなさい」

俯きながら謝罪すると、アラーナは意を決して、顔を上げた。

「あなたが護ってきてくれたから、ここまで辿り着けた。もう、一人で生きていける。無理してわたしと一緒にいる必要はないの。だから……正直な気持ちを聞かせてほしい。わたしのためにも。テレンスのためにも」

「……私のため？」

テレンスが繰り返すと、アラーナは、そうと小さく笑った。

「例えば、昨日。大きな商会の会長の娘さんに、お食事に誘われていたでしょ？　テレンスは断っていたけど、それがもし、わたしに気を使ってとかなら、あまりに申し訳なくて……わたしが、テレンスの出逢いの邪魔をしているなって」

思いも寄らない方向からの発言だったのだろうか。

テレンスは「違う、違う。そんなわけない」と、真顔で強めに否定した。

「そっか。自意識過剰だったね、わたし」

◆

——違う、そういう意味じゃない、ただ単純に、行きたくなかっただけで。

反射的に返した言葉を、まったく違う方向に受け取られてしまい、テレンスは戸惑った。

哀しそうに落ち込むアラーナに、テレンスの胸がずきりと痛む。ひと言ひと言が、何か取り返しのつかない事態を招きそうで、テレンスは下手なことが言えなくなってしまっていた。

沈黙が耐えられなかったのか。

アラーナが気まずそうに口を開いた。

「……あの。本当に、正直に言ってくれていいから。むしろ、その方が諦めが——」

「アラーナ……？」

「……え？」

椅子から立ち上がったテレンスは、アラーナの涙をハンカチで拭った。そこではじめて、アラーナは自分が泣いていることに気付いたようだった。

「……わたし、泣いてたんだね」

テレンスは「うん」と静かに答えながら、自分がひどく動揺していることに気付いた。

王都を出立《しゅったつ》してからアラーナの涙を見たのは、これがはじめてで。

その理由が、他でもない、自身のせいだとわかっていたから。

アラーナはきっと、勇気を振り絞って、想いを一生懸命に伝えてくれた。

報《むく》いるためには、もう、すべてを包み隠さずぶつけるしかない。

テレンスはアラーナの目線に合わせるように、ゆっくりと腰を落とした。

「私はアラーナより、十も年上だ」

「……？　知ってる……」

「アラーナは、まだ狭い世界しか知らない。しかもこれまで、私しか頼れる人がいなかった」

「……だから？」

だから、私より相応《ふさわ》しい人が、いつか現れるかもしれない。

その台詞を、すんでのところでぐっと呑み込んだ。

『わたしが、テレンスの出逢いの邪魔をしているなって』

アラーナには、そんなわけないと強めに否定したくせに。

似たようなことを、言おうとしていた。

ふと。こちらを真っ直ぐに見詰めてくるアラーナの目にたまる涙が、視界に入った。

ウェバー公爵家にいたころ、アラーナは滅多に笑いもしなければ、泣きもしなかった。いつもどこか張り詰めていて、そのくせ、どこか諦めたような表情をしていた。

（……今の方が、ずっといいな）

使用人という立場だったころは、ただ、何もできない自分の無力さに、打ちひしがれるだけだった。恋愛対象とか、そんなことを考える以前の問題だったのに。

「……アラーナは、私の隣で平気で何度も寝ているけど。それって、私を男として意識してないってことじゃないの？」

テレンスは言い訳を止め、自分の隣で、安心しきって眠る彼女を愛しく思いながらも、ずっと引っかかっていたことを口にした。

アラーナが驚き、瞬きをしたことで、たまった涙が頬を伝った。

「……え、だって。テレンスの体温とか、匂いとか、安心するから」

「私も男なんだけど。襲われたらどうしようとか、考えたことない？」

「……テレンスはそんなことしない」

「信用してくれているのはわかるけど、無防備すぎる」

「……だってわたし、テレンスになら何されてもいいってずっと思っていたし」

本日何度目かの衝撃発言に、テレンスの動きが完全に止まる。

一瞬、息をするのすら忘れていた。

「……。……。意味、わかってる？」

アラーナは、さっと視線を逸らした。

「……経験はないけど。流石にそこまで子どもじゃないわ……」

ぼそぼそ言ってから、アラーナは「……テレンスは元婚約者の人と、そういうこと、した？」と、拳を握った。

答えにくい。

テレンスが唇を引き結ぶと、アラーナはしょぼんとした。

「……そうよね。していて当然よね」

しん。

水を打ったような静けさが、部屋を満たした。

まさかこんな会話をアラーナとする日が――しかもこんなに急に――こようとは思わず、テレンスは内心、冷や汗ものだった。

「……わたしを恋愛対象として見られないなら、それでもいいの。でも、わたしの気持ちを決めつけたりしないで。十歳年上だとか、狭い世界しか知らないとか。そんな言い訳いらない。わたしの告白を断るなら、きっぱり断って。そしたらわたしたち、きっと前に進めるから」

恋愛方面にはとことん疎《うと》かったアラーナの急成長。

それは喜ぶべきことなのに、テレンスはなんだか少し寂しくて、それでいて、焦っていた。

「……ノーリーンさんと、そんな話を？」

「うん。いろいろ、大切なことを教えてもらった」

「……そう」

知識や礼節《れいせつ》などは、望む望まないにかかわらず身につけなくてはならなかった。でも、恋愛についてアドバイスをしてくれる人なんて、これまでアラーナのまわりにはいなかった。

そんなアラーナが助言を素直に受け入れ、前に進もうとしている。

でも。

「……前に進むって、何」

「テレンスは本当に好きな人と一緒になって、わたしは新しい恋を探すの」

「……ああ」

それはなんだか、すごく。

迷いもなく、テレンスは言葉がすっと出た。

「嫌だな、それは。アラーナ以上に好きな人なんていないし。アラーナが新しい恋を探すのも、絶対に阻止したい」

言い訳だのなんだのをいろいろと排除《はいじょ》してみたら、答えは驚くほど、あっさりと出た。

恋に恋する乙女《おとめ》のようなアラーナが、期待の眼差しを向けてくる。


――けれど。


（……怖くはないのかな）

アラーナは恋愛について、もっと臆病《おくびょう》だと思っていた。

理由はもちろん、エイベルとアヴリルのことがあったから。

エイベルは最低な男だったが、アラーナが少しの好意もなかったのかどうか、テレンスにはわからなかった。

好意があったから、王妃教育を頑張れたのではないのか。

好意があったから、アヴリルとの関係に、あれほど精神的な打撃を受けたのではないか。

それがいつも頭の片隅にあったことも、踏み出せなかった要因の一つではある。

「……しばらく、アラーナとは一緒に寝ない」

テレンスの上げてから下げるような発言に、アラーナはショックを隠せなかった。

「ど、どうして？」

「はっきり一人の女性として意識した以上、何をするかわからない」

「いいよ」

「…………」

テレンスは無言で立ち上がると、アラーナの服の中に、ほんの少しだけ手を入れてみた。

アラーナが身体を硬直させたのを見て素早く離れると、テレンスは両手をばんざいした。これ以上はしないという、意思表示のために。

「……こういうことするんだよ？　少しは理解した？」

アラーナが真っ赤な顔で、こくりと頷く。

「……わたし、誰かに女性として見られたことがなかったから。お、驚いてしまって」

「それはアラーナに魅力がなかったからじゃなくて、アラーナが公爵令嬢で王太子の婚約者だったから、他の男たちはおいそれと手が出せなかっただけだよ」

「……そう、なのかな。あの、つまりこれ、どういうこと？」

上目遣いで、アラーナが訴えかけてくる。

これ、とは。告白の返事はどうなのかということだろう。

「――好きだよ。他の誰より、アラーナが大切」

言葉にしてみると、案外、わだかまっていたものがちっぽけに思えてきて。

「わ、わたしと同じ、好き？」

「同じ。触れたいと思っているし、嫉妬《しっと》も、もう何度もしてる」

嘘はない。

気持ちを決めつけないで。言い訳しないで。

従ってみれば、簡単なことだった。

（……隣で平気で眠っていた理由も、私を意識していなかったからではなかったし）

テレンスは自分で思うよりも、それをかなり気にしていたようだ。

証拠に、心がとても高揚《こうよう》していた。

「……わたしを傷付けないように、う、嘘ついてない？」

予想はしていたが、やはりアラーナは手強い。

ただもう、テレンスは吹っ切れていた。とことんまで、付き合う覚悟だ。

「ないよ。どうすれば信じてくれる？」

アラーナは目線を上下左右に動かしたあと、震えながら両手を広げてみせた。

「……抱き締めてほしい」

ついさっき。服の中に手を入れられたことを、もう忘れてしまったのだろうか。

警戒心があるのかないのか、わからない。

ただ、数ヶ月した二人旅のとき。

思い返してみれば、アラーナを抱き締めたことが一度もなかったことに、テレンスは気付いた。

もしかしたら、アラーナは両親にも、婚約者のエイベルにも、誰にも抱き締められた記憶がないのかもしれない。

「いいよ、いくらでも」

テレンスが、アラーナをそっと抱き締める。

テレンスよりも頭一つ分小さいアラーナの身体が、その腕の中にすっぽり収まった。

◆

「……っっ」

アラーナは思わず、声が出そうになった。

この距離感は、はじめてではない。

一緒に眠っていたときも、対して変わらない距離だった。

でも、密着具合が違う。何より愛しいという気持ちがはっきり加わった今は、ドキドキするのに、

泣きたくなるほどの幸福を感じていた。
アラーナが、テレンスの背中に腕をそろそろっとまわす。
テレンスは何も言わない。怒らない。気分を害した様子もない。
(いいのかな、わたし……このままもっとテレンスを好きになっても)
はじめて好きになった人に、好きだと言ってもらえた。
告白する前に、受け入れてくれる可能性を全く考えていなかったわけじゃない。
それでも、限りなくゼロに近いとは思っていたから。
だから、まだ信じられなかった。
(諦めなくて、いいのかな)
こんな自分を、愛してくれる人。
きっと、もういない。いらない。

——テレンスだけ居てくれればそれでいい。

(……死ぬなら、このまま終わりたい)
願ってしまうほどに、幸せで。
ずっとこれが欲しかったのだと、全身が叫んでいるようだった。
王都から出立《しゅったつ》したとき、真っ先に思い浮かんだ願い。

――小説のヒロインのような恋愛がしてみたい。

まずは、一歩。

どころか、もう、とっくに叶っていたのかもしれない。

◇

翌日。

店に出勤してきたノーリーンに、アラーナとテレンスは二人で、付き合うことになりましたと真っ先に報告をした。店の端の方で話をしたのだが、耳をすませていた従業員たちによって、それはあっという間にみんなに広まった。

驚きより「やっとか！」といった意見がほとんどで、あらためて、見守ってくれていたんだと、温かな職場だなと二人は感謝した。もちろん、照れくささは大いにあったが。

どこで聞きつけたのか。毎日店に顔を出すわけではないアラベスク伯爵が閉店間際に「おめでとう」と、花束を持ってきてくれた。

嬉しくはあったが、二人は非常に恥ずかしくもあった。

「……あの。いくらなんでも大袈裟《おおげさ》では」

テレンスが耐えきれずに言うと、アラベスク伯爵は、何を言うと腕を組んだ。

「ところで君たち。婚約指輪はどうする？　特注にするかい？」

「……まだ、付き合ったばかりですので」

「でも。男避け、女避けになるよ？　二人とも、店内でも店外でも、よく声をかけられていただろう？」

アラーナとテレンスが、同時にはたとする。

それは正直、かなりありがたい。

ありがたいが、流石に早計すぎる。

「……考えておきます」

テレンスの答えに、頭の中に婚約、ひいては結婚することも視野に入れてくれているのかなと、アラーナはなんだかそわそわした。

◇

本格的な冬の到来。

二人で王都を離れてから、はじめて味わう、凍える寒さ。

公爵家にあったものとは比べものにならないぐらい、一人が前に座れば隠れてしまうほどの小さな暖炉《だんろ》が部屋に一つ。

あるだけでありがたいのはわかっているが、どれだけ厚着しようと、身体は冷えたまま。でも、アラーナは今まで過ごしてきたどんな冬より満たされていた。

「ここ、おいで」

暖炉《だんろ》の前に置いた椅子に座ったテレンスが、膝を指差す。

アラーナが膝の上に座ると、テレンスは後ろからぎゅっと抱き締めてくれた。

「あったかい」

「お金が貯まったら、私たちもノーリーンさんみたいに一軒家に引っ越そう。そしたら、もう少し大きな暖炉《だんろ》で暖まれるよ。貯金もあるし」

「わたしはこれで充分だけど」

ぱちぱち。ぱちぱち。

焚《た》き火の薪が、耳心地のよい音を立てる。

日は暮れていて、外はもう真っ暗だが、ゆらゆら揺れる炎が部屋をぼんやり照らしてくれる。ランプや蝋燭《ろうそく》を使わなくていいから、かなりお得な気分だ。

「逞《たくま》しいなあ」

テレンスが大人びた顔で笑う。

十歳も年上なのだから、大人びていて当然ではあるのだが。

（……わたしはこういうの、全部、テレンスとがはじめてだけど。テレンスはきっと違う……）

恋愛方面では、何もかも教えてもらうばかり。

慣れているなと感じることもしばしば。

最初は両想いになれただけであんなに嬉しかったのに。

恋愛というのは、中々に厄介《やっかい》だ。

「――聞いていい？」

「ん？」

「テレンスはこれまで、何人の女性と付き合ったことがあるの？」

「……ん？」

良い雰囲気の中で、じっと見詰めてきたかと思えば、この質問。

アラーナの唐突な言動は相変わらずのようだと、テレンスは笑った。

「一人」

正直に答えてくれたのだろうが、つい疑いの眼差しを向けてしまう。

だって、それほどテレンスは優しくて、強くて、魅力的な男性だったから。

「いや、本当に。情けないけど、父親のことを知ったときの婚約者の対応が思ったより辛くて、女性不信になってしまったみたいなんだ」

アラーナは不安そうに、自分を指差した。

「……わたしも女だよ？」

テレンスはわたしのことも、信用できないときがあったのだろうか。今は違うと分かっていても、昔、そんな時期もあったのかもしれない可能性に、心が急激に冷えていった。

「アラーナは恩人だったから。唯一、信用ができて――」

テレンスは途中で言葉を区切ると「あのときから、とっくにアラーナは特別だったんだな」と、優しく微笑んだ。

その笑顔に思わず見惚《みほ》れていると、テレンスがアラーナの髪に触れた。

あの日。ばっさり切ってしまった髪は、背中にあたるぐらいまでに伸びた。

「――キスしていい？」

アラーナの髪を耳にかけながら、テレンスがうかがうように訊ねてきた。

アラーナは、びくっと身体を揺らした。

キスはまだ、一度もしたことがなかったから。

ドッドッ。ドッドッ。

心臓が、急に鼓動を早く打ちはじめた。緊張する。

少しだけ逃げたい気持ちもあったが、テレンスがキスしたいと思ってくれたことが嬉しくて「ど、どうすればいいの？」と、テレンスの腕を掴んだ。

「……目を閉じて」

言われるまま、きつく目を閉じた。

ぶるぶる身体が震えているのはわかっていたが、止めようがなかった。

それは軽く、触れるだけの優しいもの。

ふっと離れたテレンスが、アラーナの肩を揺する。

「息、息して」

はっとして、アラーナは息を止めていることに気付いた。

はあはあ。

肩で息をする姿が情けなく、消えてしまいたくなった。

（……わたし、十六歳なのに）

もしあのまま、エイベルと結婚していたら、どうなっていたことか。

いや。

（わたしと子を作るつもりはなかったから、単に何もかも未経験で、人生が終わっていただけ……）

愛されることも、愛することも知らずに。

きっとそのまま、死んでいた。

それを思えば、まるで夢のよう。

「上手くできなくて、ごめんなさい……」

「最初から上手かったら、逆に困るよ」

ほら。テレンスは優しく許してくれる。

上手くできない。失敗する。

それが許されない世界にいた過去の自分を、抱き締めてあげたい。

辛いでしょう。苦しいでしょう。

かわいそうに。

誰より、わたしがわかっているからね。

「少しずつ、慣れていけばいい。ずっと傍にいるから」

補うように、甘やかしてくれる人がいるから。

生きたい。

そう思えるようになって、どれぐらい経つだろう。

死を望んでいたわたしは、もういなかった。

◇

好き。可愛い。綺麗。愛しい。

愛する人に言われ、褒められることで、アラーナの自己肯定感が高まっていく。

春先の、少し肌寒い風が吹き抜けていく街を、二人は手を繋いで歩いていた。

「今日は何が食べたい？」

店の定休日。

寝たいだけ寝た、午前九時。

テレンスがアラーナに問いかける。

前までなら、テレンスが食べたいものでいいよと答えていたのが。

「パンが食べたいな。ノーリーンさんが教えてくれたの。とても美味しいパンを焼く職人さんが、この街でお店を開いたんだって」
好きなものを、好きと言える。こうしたい。ああしたい。
以前よりずっと、伝えられるようになった。
自覚があるのかないのか。それはテレンスにはわからない。
でも、それでいいと思った。
変化は誰より、テレンスが理解していたから。
「いいね、行こう」
そして季節が巡り、春が過ぎ、紅葉が色づく、秋が来る。

エピローグ

「ねえ、アラーナお姉様。お願いしたいことがありますの」

自室に戻ろうとするアラーナを、アヴリルが甘えた声音で呼び止めてきた。

アラーナはこっそりとため息をつく。

今度はなんだろう。わたしの服かアクセサリーが欲しいのか。

それとも、課題をかわりにやってほしい、と頼まれるのだろうか。

「テレンスがね、欲しいの。あたしの護衛と、交換しましょう？」

アラーナは凍りついた。

テレンスが欲しい？

護衛を交換？

言葉の意味をようやく理解したアラーナは、自身でも意図しないところで、叫んでいた。

「――駄目！」

しん。

廊下が、一瞬だけ静まり返った。

アヴリルがびっくりした顔をしていたが、誰より驚いていたのは、アラーナ自身だった。

「……あ、えと」

戸惑うアラーナに、正気を取り戻したアヴリルはムッと頬を膨らませた。

なんでもはいはいと言うことを聞く、見下している姉に拒否されたことで、プライドが傷付けられた気がしたのだろう。

「もういいわよ、この分からず屋！」

踵《きびす》を返すアヴリル。

待って。

叫ぶが、アヴリルがアラーナに従うはずもなく。

「……どう、しよう。テレンス、取られちゃう」

今まで、たくさんのものをアヴリルに取られてきた。

でも、ここまで苦しく、怖かったことはない。


――いや。いや。いや。


やめて。他のもの、全部あげるから。

どうか、テレンスだけは――

◇

ふっ。

夢から覚めたアラーナの、滲《にじ》む視界のすぐ傍に、テレンスはいた。

窓から差し込むキラキラとした朝日に照らされ、気持ちよさそうに眠っている。

(そっか……わたし、あのときから、テレンスのこと独占したかったんだ)

眠るテレンスの頬にそっと触れてみる。温かい。

続いて、テレンスの胸に耳をあて、心臓の音を聞いた。

目を閉じ、全身でテレンスを感じる。

――ああ。わたし、幸せなんだ。

(今のわたしを家族とエイベル殿下が見たら、どんな顔をするのかしら)

どうでもいいと切り捨て、興味も示さないかもしれないけど。

アヴリルなら、アラーナお姉様のくせにと罵詈雑言を浴びせてくるかもしれない。

クスクス。クスクス。

様子を思い描くと、思わず笑みがこぼれてきた。

だって今なら、わたしの方が幸せだと胸を張れる。あんな家族と男に愛されたいなんて、もう思えないから。

ただ少しだけ、心残りがあるとすれば。

（……わたしの代わりは、見つかったのかな）

わがままなアヴリルが王妃教育を大人しく受けるはずがないし、エイベルがアヴリルを手放すとも思えない。だとすれば、きっと、代わりを用意するはず。

あの人たちの性根は、変わらないだろうから。

代わりとなる人にだけは、心から申し訳なく思う。


——いや、違う。もう一人。


「……トマス」

脳裏に浮かんだ人の名を、無意識に呟く。

考えないようにしていた者の名を。

優しい人だった。唯一、心を痛めてくれる人だったからこそ、申し訳なさでいっぱいになる。

優しい人は、何も悪くないのに自分を責めるから。

「——恋人が寝ている前で、他の男の名を呼ぶかな。普通」

耳元で囁かれ、アラーナは思考を止めた。

「い、いつから起きてたの？」

「ついさっき」

「……もしかして、嫉妬《しっと》とか、したり」

ついつい期待するような眼差しを向けてしまったアラーナに、テレンスの怒りが萎えていく。

「……するよ、そりゃ」

そうなんだ。

アラーナが嬉しそうにはにかんだからか、テレンスは諦めたようにため息をついた。

——叶うなら、トマスにだけは、感謝の言葉と共に、幸せであることを伝えたい。でもそれは、あまりにリスクが大き過ぎるから。

(ごめんね、トマス。代わりにわたしは、あなたの幸せを祈るから)

どうか、どうか。届きますように。


——そして。

その都市で定められた期間の納税が終わったアラーナとテレンスは、無事に市民権を得て、見守ってくれたみんなに祝福されながら、結婚した。

◆

木々の葉が鮮やかな緑に染まる、そんな季節。

王宮勤めをしているトマスは、久しぶりにまとまってとれた長期休みを利用し、妻と、とある都市を訪れていた。

馬車に揺られながら、はじめて見る景色を追っていく。

「この都市は、とても腕のいいパン焼き職人がいるって評判でね。あと、すごく有名な宝飾品店もあって」

仕事が忙しく、あまり一緒にいられる時間がとれていなかった妻のはしゃぐ姿に、トマスも知らず、笑顔になる。子どもはまだいないが、もし生まれれば、こうして二人でゆっくりと、なんて今よりきっと難しくなるだろう。

多少遠出をしてでも、妻が行ってみたいと願ったこの都市に来られてよかったと、トマスは頬を緩ませた。

「――さて。まずは、何処に行きたい？」

「そうね。まずは、腹ごしらえからね！」

「そうだな。ちょうど昼時だし」

妻から、外に視線を移す。窓の向こう、馬車が進む先からこちらに向かって、親子が連れ立って歩いてくるのが視界に入った。

右手は父親。左手は母親と繋ぎながら、女の子が嬉しそうにはしゃいでいる。

歌を歌っているのだろう。舌っ足らずな微かな声が、こちらにまで届いてきた。

「あら、可愛い」

妻も気付いたのか、三人の親子を微笑ましく見ている。

そうだな。

答えようとしたトマスは、女の子の母親であろう女性の顔に釘付けになった。

「……え？」

他人のそら似、だろうか。

だって、あんなに穏やかに、幸せそうに笑う顔は見たことがなかったから。

けれど、薄紫色の長い髪が、空色の瞳が、想い出の中にいる、決して忘れることのできないあの人と同じで。

「――止まってくれ！」

気付けば御者台《ぎょしゃだい》に向かい、叫んでいた。

「は、はい」

御者《ぎょしゃ》が、慌てて手綱《たづな》を引っ張り馬を止めた。

「あ、あなた。どうしたの？」

妻が混乱する中。トマスは馬車の扉の取っ手に手をかけ――そのまま、動きを止めた。

（……声をかけて、あれがアラーナ様ではなかったら？）

そんな考えにとらわれる。

彼女は生きていて、今、幸せであるという可能性に縋《すが》りたい。

それは、あまりに身勝手すぎる願いだろうか。

(でも。一緒にいた男も、見覚えがあるような……)

あの事件のあと。

アラーナの遺体を遠くに捨ててくればよいと提案したのも、それを実行したのも、いつもアラーナの傍にいた護衛の男だと知った。それを聞いて、トマスは首を捻《ひね》った。


——あの男が? と。


『テレンスがいるから、大丈夫よ』

いつだったか。エイベルがアラーナをほったらかしにして先に帰ろうとしたので、誰か他の者に送らせますとトマスが慌てて提案したときの、アラーナの台詞だ。

あのときのアラーナはどこか嬉しそうで。

こんな表情も、できるんだ。そんな感想を抱いたのを覚えている。

「…………っ」

「あなた⁉」

突然涙を流しはじめたトマスに、妻が驚愕しながら「だ、大丈夫?」と、ハンカチを渡してきた。

それを受け取り、トマスが、大丈夫だと、泣き笑いを浮かべる。

――ねえ、アラーナ様。きっと、そうなのでしょう？　あなたも好きな人と結ばれて、幸せになったのでしょう？

三人の背中が、遠く、小さくなっていく。

トマスは馬車からおりると、涙を拭い、その背中に向かって、深く、深く、一礼した。

LEAVE ME ALONE!
ほっといて下さい
従魔とチートライフ楽しみたい!
1~5
原作 三園七詩
Nanashi Misono
漫画 鳴希りお
Rio Naruki
RC
Regina COMICS
大好評発売中!
伝説のもふもふお供に愛され幼女、異世界満喫中!?
OLのミヅキは、目が覚めると見知らぬ森にいた——なぜか幼女の姿で。どうやら異世界に転生してしまったらしく困り果てるミヅキだったが、伝説級の魔獣フェンリルに敏腕A級冒険者と、なぜだか次々に心強い味方——もとい信奉者が増えていき……!? 無自覚チートな愛され幼女のほのぼのファンタジー、待望のコミカライズ!
シリーズ累計45万部(電子含む)突破!
ほっといて下さい 5
従魔とチートライフ楽しみたい!
三園七詩
鳴希りお
愛され幼女、波乱と出会いがいっぱいの王都デビュー!!
45万部突破!!
無料で読み放題
今すぐアクセス!
レジーナWebマンガ
4巻~5巻 各定価:770円(10%税込)/
1巻~3巻 各定価:748円(10%税込)

この作品に対する皆様のご意見・ご感想をお待ちしております。

おハガキ・お手紙は以下の宛先にお送りください。

【宛先】

〒150-6019 東京都渋谷区恵比寿 4-20-3 恵比寿ｶﾞｰﾃﾞﾝﾌﾟﾚｲｽﾀﾜｰ 19F
（株）アルファポリス　書籍感想係

メールフォームでのご意見・ご感想は右のＱＲコードから、
あるいは以下のワードで検索をかけてください。

アルファポリス　書籍の感想　検索

ご感想はこちらから

本書は、「アルファポリス」（https://www.alphapolis.co.jp/）に掲載されていたものを、
改題、改稿、加筆のうえ、書籍化したものです。

利用《りよう》されるだけの人生《じんせい》にさよならを
～浮気《うわき》された不遇令嬢《ふぐうれいじょう》ですが溺愛《できあい》されて幸《しあわ》せになります～

ふまさ

2025年 4月 5日初版発行

編集－加藤美侑・森 順子
編集長－倉持真理
発行者－梶本雄介
発行所－株式会社アルファポリス
〒150-6019 東京都渋谷区恵比寿4-20-3 恵比寿ｶﾞｰﾃﾞﾝﾌﾟﾚｲｽﾀﾜｰ19F
TEL 03-6277-1601（営業） 03-6277-1602（編集）
URL https://www.alphapolis.co.jp/
発売元－株式会社星雲社（共同出版社・流通責任出版社）
〒112-0005 東京都文京区水道1-3-30
TEL 03-3868-3275
装丁・本文イラスト－はふみ
装丁デザイン－AFTERGLOW
（レーベルフォーマットデザイン－ansyyqdesign）
印刷－中央精版印刷株式会社

価格はカバーに表示されてあります。

落丁乱丁の場合はアルファポリスまでご連絡ください。

送料は小社負担でお取り替えします。


ISBN978-4-434-35506-6 C0093